HEYNE <

Romain Sardou

Rettet Weihnachten!

Roman

Aus dem Französischen
von Hanna van Laak

WILHELM HEYNE VERLAG
MÜNCHEN

Die Originalausgabe SAUVER NOËL erschien 2006
bei XO Éditions, Paris

FSC
Mix
Produktgruppe aus vorbildlich bewirtschafteten Wäldern und anderen kontrollierten Herkünften
Zert.-Nr. SGS-COC-1940
www.fsc.org
© 1996 Forest Stewardship Council

Verlagsgruppe Random House
FSC-DEU-0100
Das FSC-zertifizierte Papier *München Super* für Taschenbücher aus dem Heyne Verlag liefert Mochenwangen Papier.

Vollständige deutsche Erstausgabe 11/2008

Printed in Germany 2008
Umschlagillustration: © Eric Fortune
Umschlaggestaltung: © Nele Schütz Design, München
Satz: KompetenzCenter, Mönchengladbach
Druck und Bindung: GGP Media GmbH, Pößneck
ISBN: 978-3-453-40632-2

www.heyne.de

Für Michèle Daversin

Ich glaube, dass das Gedächtnis der meisten Menschen weiter in die Kinderzeit zurückreicht, als man gewöhnlich annimmt; ebenso glaube ich, dass die Beobachtungsgabe bei vielen kleinen Kindern an Schärfe und Genauigkeit ganz wunderbar ist. Ich glaube sogar, dass man von den meisten Erwachsenen, die in dieser Hinsicht bemerkenswert sind, viel eher sagen könnte, sie hätten diese Fähigkeit nicht verloren, als sie hätten sie erst später erworben; umso mehr, als solche Menschen überdies eine gewisse Frische und Sanftmut und eine Fähigkeit, sich über irgendetwas zu freuen, besitzen, lauter Eigenschaften, die sie ebenfalls aus der Kindheit mit herübergenommen haben.

CHARLES DICKENS
DAVID COPPERFIELD

Kapitel 1

Gloria Pickwick,
ihr Leben, ihr Werk

Seitdem diese Geschichte erzählt wird, von Erwachsenen wie von Kindern, von Berufsschreibern wie von selbst ernannten Stammtischchronisten, in Geschichtsbüchern und Bildbänden, besteht allseits Einigkeit darüber, dass das Abenteuer am Morgen des 1. November 1854 in London auf dem Platz vor der Kirche St. Perry seinen Anfang nahm. Die besonders detailversessenen Pedanten wollen die genaue Stelle exakt zwischen dem Gemüsestand von Gros John und dem mit Kohl gefüllten Handkarren von Mr Ploun ansiedeln.

Es geschah an einem Mittwoch, dem Markttag. Soeben hatte es halb sieben geschlagen. Innerhalb weniger Augenblicke wich die Stille der Morgendämmerung einem Tohuwabohu von Menschen und Tieren: Überall schossen Marktstände und Buden aus dem Pflaster. Jeder Winkel füllte sich mit seinen Komparsen: Frauen mit Körben voller Fische auf dem Kopf, Esel, die Gemüsekarren zogen, Ochsen, die Fässer mit Heringen und geräucherten Schellfischen schleppten,

Bauern, die die Schnüre ihrer Warenladungen lösten, mit Glöckchen bewaffnete fliegende Händler, bunt durcheinander gewürfelte Vagabunden und Spitzbuben aller Art. Sie alle liefen gestikulierend durcheinander und erfüllten den Platz mit einem ohrenbetäubenden Geschrei.

Der Markt von St. Perry war berühmt für sein exotisches Warenangebot. Er lag im Nachbarbezirk des wohlhabenden Viertels Mayfair und bot die reichhaltigste Auswahl an Obst und Gemüse, das die Schiffe aus der südlichen Hemisphäre herbeischafften. Die Kinder aus dem Viertel kamen angelaufen, um all die Gewächse mit ihren fantastischen Formen und Farben zu bestaunen, und manche harrten stundenlang aus und starrten wie gebannt auf die Ananas oder Papayas. Zweimal pro Woche konnten sich großbürgerliche Familien und die Restaurantbesitzer Londons dort eindecken, um den Ruf ihrer Tafel weiterhin zu behaupten.

Ab sieben Uhr war der Markt für den Ansturm bereit. Daraufhin strömten reihenweise Kunden in die Gassen zwischen den Ständen. Jeder hatte seine Liste und seine Prioritäten, alles fügte sich ineinander wie in einer Partitur, ohne Misstöne, flüssig, ja schnell. Die Kälte zwang jeden, keine Zeit zu vergeuden.

Nur Gros John, der neben seinen Salaten saß, und Mr Ploun, der vor seinen Kohlköpfen stand, nahmen keinen Anteil an der Dynamik des Augenblicks und würdigten sogar ihre ersten Kundinnen keines Blickes. Sie reckten die Köpfe schweigend gen Himmel und setzten dabei eine sorgenvolle Miene auf.

Was sie am fahlgrauen Himmel so bewunderten,

war keinesfalls alltäglich: eine Horde, ein Schwarm, eine gewaltige Flotte von Raben. Sie tauchten unter den Wolken auf, wirbelten herum und rissen dabei Nebelschwaden mit sich; dann verschwanden sie für einen Augenblick, um kurz darauf vereint und dicht gedrängt wie Soldaten im Gefolge ihres Unteroffiziers wieder zurückzukehren.

Die Kundinnen, die den Blicken der beiden Händler folgten, fuhren sie barsch an: »Was jetzt? Wacht endlich auf! Es sind wirklich und wahrhaftig Vögel! Bedient uns! Wir erfrieren!«

Doch Gros John und Ploun, Männer, die fern der Städte geboren worden waren, wussten, dass das ein böses Omen war. Nie zuvor hatten sie so viele Raben auf einmal gesehen oder gar eine solche Ballettaufführung! Die beiden Männer kannten all die haarsträubenden Geschichten nur zu gut, die man sich über die Galgenplätze erzählte. Die Aasfresser fielen in der Stadt ein, um die Augen der Gehängten auszupicken. Doch das waren zweifelhafte Klatschgeschichten aus einer fernen Zeit. Es gab seit Langem keinen Galgen mehr auf Londons Straßen.

»Zur Seite! Platz da! Los, bewegt euch!«

Eine kleine, dicke Frau in Trauerkleidung unter einem weiten schwarzen Mantel mit feuerroten Haaren, rosigen Wangen und funkelnden Augen, beladen mit noch leeren Körben, tauchte auf dem Markt auf und drängte sich bis zu den Kohlköpfen und Salaten von Ploun und Gros John durch.

»He, he! Hallo, Mrs Gloria!«, rief ihr der Erste sogleich zu.

»Ein guter Geist führt sie hierher!«, versetzte der Zweite. Ohne ein Krächzen waren die unheilvollen Vögel über ihren Köpfen im Nebel verschwunden und tauchten nicht wieder auf.

Gloria Pickwick?

Geschätzter Leser, säße ich in diesem Augenblick dir gegenüber und nicht vor meinem öden weißen Blatt Papier (das nie auf meine Gefühlsausbrüche reagiert, egal welcher Art sie sein mögen!), dann würde ich aufspringen, meine Arme ausbreiten und meine Stimme erheben, um die Bedeutung der Persönlichkeit, die sich dir nähert, zu unterstreichen. Das hätte zwar einen Anflug von Schmierentheater an sich, mag sein, aber wie so oft in einem Drama könnte ein bisschen dick aufgetragene Rührung nicht schaden.

Gloria Pickwick? Eine Legende auf dem Markt von St. Perry! Ein Mythos, verehrt vom West End, die Kingston Bridge entlang über die Themse hinweg bis nach Grosvenor Square. Eine Ikone der exquisiten Londoner Gesellschaft! Wer behauptet, dass ihr Name selbst in den Kreisen des Buckingham-Palastes mit Interesse geäußert wurde, liegt nicht ganz falsch.

Mrs Gloria Pickwick hatte im Hause der Balmours am Collins Square 6 die Stelle einer Gouvernante inne.

Gloria, die vierzigjährige Witwe eines Schornsteinfegermeisters, der kopfüber in einem Kaminzug stecken geblieben war, und Mutter der zehn Jahre alten kleinen Zoé, war die hoch geschätzte Perle der Familie von Lord Davy Balmour. Seit sieben Jahren war sie in Personalunion Gouvernante, Köchin, Waschfrau, Kindermädchen, Schneiderin, Gärtnerin, Kammerzofe, Wachhund, Verwalterin und Ratgeberin und herrschte über das weitläufige Anwesen der Balmours, ohne je ein Wort der Klage zu äußern, was ihr die uneingeschränkte Bewunderung ihrer Standesgenossinnen eintrug.

Nach dem Unfall, der ihren Mann dahingerafft hatte, war sie in die Dienste der Balmours getreten. Dieser Newman Pickwick war ein Schornsteinfegermeister gewesen, wie es nur einen in jedem Jahrhundert gibt! Gut, umsichtig und um die Gesundheit der ihm anvertrauten Knaben besorgt, die für ihn den Ruß abkratzten. Nirgendwo sonst fand man ein so voller Nächstenliebe geführtes Unternehmen. Als Newman Pickwick eines Nachts hörte, dass ein kleiner Junge, der für einen Konkurrenten arbeitete, in einem gefährlichen Kaminzug feststeckte und dass dessen Meister sich weigerte, das Bett zu verlassen, um ihm zu Hilfe zu eilen, machte er sich sogleich zu seiner Rettung auf. Diese Anwandlung von Menschlichkeit freilich sollte ihm den Tod bringen. Er stürzte sich in den Abgrund des Kamins und tauchte nicht wieder auf. Das Kind jedoch wurde gerettet.

Dieses Drama ereignete sich am Collins Square. Nachdem der gute Lord Davy Balmour, der auf Nummer 6 wohnte, sich nach der Familie des braven Meisters erkundigt hatte, machte er die Bekanntschaft von Gloria, damals Mutter der dreijährigen Zoé. Ohne lange Umschweife nahm er sie unter seinem Dach auf, obgleich es ihm nicht an Personal fehlte.

Gloria begann in der Wäscherei. Weil sie ihre Arbeit besser verrichtete als diejenigen Wäscherinnen, die dort bereits im Dienst waren, ersetzte sie sie bald alle beide. Anschließend wurde sie als Küchenhilfe eingewiesen. Weil sie schneller und fähiger war als der mit einem Spitzengehalt entlohnte französische Koch, schnappte sie ihm bald auf gleiche Weise die Stelle weg. Und so ging es mit allen Tätigkeiten im Hause weiter. Binnen zweier Jahre reduzierte sich die Zahl der Bediensteten im Hause Balmour von neun auf eine einzige! Und das alles ohne Qualitätsverlust oder mangelnde Sorgfalt im Service. Gloria Pickwick war ein Phänomen. Nichts hielt ihrer Entschlossenheit stand, alles zur vollständigen Zufriedenheit zu erledigen. Sehr bald sprach man von nichts anderem mehr als von ihren außergewöhnlichen Fähigkeiten, man beneidete die Balmours, und überall wurde die Führung dieses Hauses als rühmenswertes Beispiel angepriesen.

Gloria Pickwick war zum *Jupiter Optimus Maximus* der englischen Gouvernanten geworden!

Nach diesen Worten, geschätzter Leser, wirst du ermessen können, welche Wirkung ihr Erscheinen am Mittwochmorgen auf dem Markt von St. Perry hatte.

»He, was haltet ihr denn hier Maulaffen feil? Machen wir's schnell, Gros John! Was kostet Ihr bester Blattsalat?«

Der Salatverkäufer wurde rüde aus seiner Himmelsbetrachtung gerissen. Gloria Pickwick war immer in Eile. Nie zu spät dran, aber immer in Eile. Dieser Charakterzug war allen wohlbekannt.

Gros John zog seinen Hut.
»Nun ja, sagen wir ... zweieinhalb Pence?«
Gloria zog die Augenbrauen hoch.
»So viel hat er letzte Woche gekostet«, stellte sie fest, »und damals war der Preis gerechtfertigt. Vor drei Tagen war Ihr Gewächshaus noch nicht vollständig wieder instand gesetzt. Aber soweit ich weiß, ist jetzt alles wieder in Ordnung. Sie haben also keinen Grund zum Klagen mehr. Zwei Pence. Und keinen einzigen mehr.«
Damit war der Preis festgesetzt. Lammfromm wie gegenüber den unerforschlichen Ratschlüssen des Himmels erhob Gros John keinen Einwand, sondern willigte, wenn auch betrübt, ein: Den ganzen Tag lang würde er diesen halben Penny, der ihm durch die Lappen gegangen war, nicht mehr hereinholen.
Gloria stellte ihre Auswahl an Blattsalaten zusammen, bezahlte und ging ihrer Wege.
»Danke, guten Tag!«
Andere Hausangestellte folgten ihr auf den Fersen. Wenn Gloria auf ein Fleischviertel, auf einen Fisch oder auf eine Kiste Artischocken zeigte, dann wurden diese bis aufs Letzte abgegrast, sobald sie das Feld geräumt hatte. Dafür war sie bekannt, dass sie die beste Nase für ausgesucht gute Produkte hatte. Ihre Preise oder Kommentare machten innerhalb weniger Augenblicke in St. Perry die Runde. So manch ein Kleinhändler hatte sogar nach einer aufsehenerregenden Attacke von Gloria auf seine zukünftige Anwesenheit auf diesem Markt verzichten müssen. Zwar war sie gerecht und ehrlich, aber diese Frau kannte keine halben Sachen.

In weniger Zeit als man allein schon zum Überqueren des Platzes von St. Perry brauchte, schob sie ihren roten Kopf durch die Menge, beendete ihre Einkäufe und verschwand in einem Pferdeomnibus, um zum Collins Square zurückzukehren.

Gros John und Ploun konnten sich wieder dem Himmel zuwenden. Und dort beobachteten sie, dass die Raben nicht ganz verschwunden waren, sondern sich auf den Dächern und Fenstersimsen niedergelassen hatten. Sie saßen fast überall rund um den Platz. Alle schwiegen still.

Die beiden Männer sahen einander voller Unbehagen an.

»Hast du so etwas schon gesehen, Mister Ploun?«

»Niemals, mein guter John. Aber als Kind hat man mir eine alte Geschichte erzählt, die ich trotz all der Jahre, die ich schon auf dem Buckel habe, nie vergessen werde.«

»Eine Geschichte? Und was für eine Geschichte ist das bitteschön, Ploun?«

Ploun setzte eine geheimnisvolle Miene auf, warf einen Blick um sich, um sich zu vergewissern, dass niemand seine Worte mithören konnte, und trat einen Schritt näher an die Salate von Gros John heran.

Er zitierte: »Zu allen Zeiten und in allen Ländern schickt der Teufel als Vorboten seines Kommens gerne …«

Kapitel 2

Das sehr kurz ist und unwichtig erscheinen mag, das man aber nichtsdestotrotz lesen muss, weil es das vorhergehende vervollständigt und zum Verständnis eines späteren Kapitels beiträgt

Gloria Pickwick sprang an der Haltestelle Lavender Spot aus dem Pferdebus und eilte mit ihren Einkaufskörben an beiden Armen zum Collins Square Nummer 6.

Ohne ihre Umgebung eines Blickes zu würdigen, stieg sie die Stufen hinab, die ins Untergeschoss führten, in die Küche der Balmours. Dort fand sie die einzige Person, die einzige Hilfskraft vor, die sie je akzeptiert hatte: ihre Tochter Zoé.

Das zehnjährige Mädchen war seiner Mutter zuvorgekommen und hatte schon mit den Vorbereitungen für das Frühstück der Balmours begonnen. Zoé hatte eine helle Haut, einen zarten, langen Hals, blonde Zöpfe und schöne, haselnussbraun funkelnde Augen. Die Orangen hatte die Kleine bereits ausgepresst, den Pudding aus der Speisekammer geholt, Eier ins kochende Wasser gelegt und Speckscheiben knusprig braun ausgebraten. Ein köstlicher Duft erfüllte das

Untergeschoss und drang durch ein rundes Fenster bis auf die Straße hinaus.

»Nochmals guten Morgen, Mama! Haben Sie alles bekommen, was Sie wollten?«

»Ohne Probleme. Madam hat noch nicht geläutet?«

»Noch nicht, Mama.«

Auch wenn diese Szene zu der Annahme verführt, darf man nun nicht glauben, dass die Tochter von Gloria Pickwick ein Leben wie die Kinder armer Angestellter in reichen Häusern führte: als unbezahlte kleine Helfer und moderne Sklaven. Nein, nein, Zoé Pickwick wurde von ihrer Mutter vor einem solchen Schicksal bewahrt. Wenn sie ihr wie an diesem Morgen zur Hand ging, dann geschah das nur gelegentlich und immer nur bei einfachen Tätigkeiten. Gloria träumte davon, dass ihre einzige Tochter später ein gutes Leben führen sollte. Wenn es nach ihr ging, sollte Zoé einmal Blumenhändlerin werden, und ihr eigener Verzicht zusammen mit den bescheidenen Ersparnissen ihres verstorbenen Ehemannes Newman sollten ihr eine selbstständige Existenz ermöglichen. Zoé musste nie die Wäsche machen oder bügeln, denn Gloria wollte, dass ihre Hände weiß und zart blieben, um später damit ihre Sträuße zu überreichen. Zoé musste nicht unter schweren Einkäufen oder Litern von Milch den Rücken krümmen, darauf bestand Gloria, damit sie hinter ihrer Verkaufstheke die Haltung einer Prinzessin haben würde. Und um diesen letzten Punkt sicherzustellen, musste Zoé jeden Tag mit einem Band der Enzyklopädie von Doktor Johnson auf dem Kopf die Treppe hinauf- und hinabsteigen. Dank dieser Übung hatte sie bald die Haltung einer Lady, was bei ihrer kleinen Körpergröße sehr rührend war. Doch Gloria beschränkte sich nicht auf Äußerlichkeiten. Mit einer Enzyklopädie von Lord Balmour bewaffnet trichterte sie ihr geduldig die Namen und Familien der Blumen, ihr Vorkommen und alles das, was man über dieses Gebiet wissen konnte, ein, angefangen mit der lateinischen Bezeichnung.

An diesem Morgen nun fragte Gloria, während sie auf einem Silbertablett süßes Gebäck verteilte und den Porridge auf dem Ofen überwachte, ihre Tochter über die Lektion des Vortags zum Thema *Monocotyledonae Liliaceae* aus.

Nachdem ihre Tochter ohne Zögern ihre Fragen über die seltensten Sorten beantwortet und dies noch durch die genauen Farben und die speziellen Formen ergänzt hatte, schloss Gloria sie mit Tränen in den Augen in die Arme, und sie hielten sich liebevoll umschlungen.

In diesem Augenblick läutete eine Glocke auf dem Serviertablett, das Zeichen dafür, dass die Balmours sich treppab in den Wintergarten begeben hatten.

Gloria wischte die Träne weg, die ihr über die Wange rollte, zog eine weiße Schürze an und eilte lebhaft die Stiege hinauf, um sich ihren Aufgaben zu widmen.

Der Speiseaufzug hatte die Platten für das Frühstück nach oben befördert. Als nun Gloria den Wintergarten betrat, stießen die Balmour-Kinder Katherine, Robert und Emily freudige Schreie aus, und einer nach dem anderen drückte ihr einen Kuss auf die Wange. Lady Meredith Balmour schenkte ihr ein strahlendes Lächeln und der Lord tätschelte freundschaftlich ihre Schulter. Für alle gehörte Gloria Pickwick zur Familie. Sie behandelten sie wie ein Familienmitglied, und nie fühlte Gloria sich als Angehörige einer niederen Klasse. Dass sie so perfekt und so hart arbeitete, lag daran, dass sie diese Familie liebte und sich von ihr geliebt fühlte, sie selbst wie auch ihre Tochter Zoé.

Vom Wintergarten aus blickte man durch große Glasscheiben in den Garten hinter dem Haus. Plötzlich riss der morgendliche frostige Dunstschleier auf und ein Sonnenstrahl drang in den Raum. Endlich versprach es wieder einmal ein herrlich schöner Tag in London zu werden!

So stand also am Collins Square 6 heute noch alles zum Besten in der besten aller Welten.

Und dennoch …

Kapitel 3

Veranschaulichung der philosophischen Maxime:
Schuster bleib bei deinen Leisten!

Die Familie Balmour wohnte auf der Nummer 6 am Collins Square, im schönsten Gebäude dieses berühmten Platzes, den sich die besten Familien Londons streitig machten.

Denn wenn man auf seiner persönlichen Visitenkarte »Collins Square« angeben konnte, dann war das wie ein Garant für Erfolg und Ansehen, ja sogar Sittlichkeit.

Zwei Lords wohnten an diesem Platz, Lord Davy Balmour und Lord Ernest Chubblewig. Durch einen fabelhaften Zufall besaßen diese ehrwürdigen Herren zwei aneinandergrenzende Häuser, die vom gleichen Architekten erbaut worden waren und sich vollkommen glichen. Die zwei Gebäude hatten früher einer Familie gehört, die unter George III. mit Zuckerhandel ein Vermögen gemacht hatte. Später wurden die Häuser der besseren Verkäuflichkeit wegen aufgeteilt; das bescherte den Balmours die Nummer 6 und den Chubblewigs die Nummer 6b. Doch seit nunmehr fünfzehn Jahren stand die 6b leer, und zwar infolge von Erbstreitigkeiten und juristischen Verwicklungen, wie man sie selbst damals nur selten sah, obwohl das Viktorianische Zeitalter ja auf Gerichtsverfahren geradezu versessen war. Ernest Chubblewig hatte in seinem Testament bestimmt, dass das Haus am Collins Square einer Wohltätigkeitsorganisation zufallen solle, die sich um junge Waisen kümmerte. Die Erben aber sahen in dieser mildtätigen Geste einen Diebstahl und fochten das Testament an. In der Folge wurde Collins Square 6b zu Beginn der Affäre per richterlichem Beschluss versiegelt. Seitdem profitierten lediglich Staub, Kälte, Feuchtigkeit und die Spinnennetze hinter den verschlossenen Türen und Fenstern von dieser renommierten Adresse. Im Garten und an der Fassade wucherte das Unkraut, die Dachrinnen quollen über vor Laub, die Mauernischen waren ein Paradies für nistende Vögel geworden, und das düstere Schwarz, mit dem der Zahn der Zeit an dem Haus nagte, hatte es am Ende für die Kinder zu einem unheimlichen Gemäuer werden lassen.

Während Gloria am Abend des Markttags in der Küche der Balmours das Geschirr abspülte, hörte sie vor dem Fenster Geräusche wie von einem militärischen Aufmarsch auf dem Platz. Es war ein Gespann mit mindestens sechs Pferden, das über das Pflaster vorbeibrauste. Und als sie wahrnahm, wie das Hufeklappern abrupt erstarb, war sich unsere liebe Gloria eines gewiss: Es war vor der 6b zum Stehen gekommen!

Ein oder zwei Sekunden später hatte sie schon ihre Schürze abgelegt und war draußen auf der Straße.

Und wirklich stand vor dem Anwesen der Chubblewigs eine Kutsche mit sechs Pferden. In sieben Dienstjahren hatte es so etwas nicht gegeben. Die Kutsche war mit Schlamm und Staub bedeckt, die Pferde dampften und schäumten, als hätten sie soeben ganz Europa durchquert. Das Dach brach unter den Koffern schier zusammen.

Der Wagenschlag wurde von einem von Kopf bis Fuß schwarz gewandeten Lakaien geöffnet. Er stellte ein Trittbrett auf, sodann erschienen ein schwarzer Stiefel, ein Bein mit schwarzen Gamaschen und ein Oberkörper, der unter einem weiten schwarzen Umhang verborgen war. Es war ein Mann. Er trug eine Kapuze auf dem Kopf und schwere Winterkleidung. Unmöglich, etwas von seinem Gesicht zu erkennen.

Hinter ihm folgten eine in Samt und Seide gekleidete Frau, ganz in Grau und Veilchenfarben, sowie eine kleinere Gestalt, die ein Kind sein mochte. Sie waren erstaunlich still und starr und würdigten ihre Umgebung keines Blickes.

Die ganze Szene wurde vom gelblichen Lichtschein der Straßenlaternen erhellt.

»Was sind das denn für Gestalten?«, murmelte Gloria missbilligend.

Doch nun raste ein Tilbury heran und kam geräuschvoll hinter dem Gespann zum Stehen.

»Was für ein Trubel am Collins Square!«, dachte die Gouvernante, denn es war schließlich schon seit zwei Stunden dunkel.

Ein sehr schlanker, schmaler und hochgewachsener Mann, gekleidet in einen grünlichen Anzug mit Weste, darunter Arme und Beine so dürr wie eine Vanillestange, stieg aus der leichten Kutsche und eilte zu den Neuankömmlingen. Gloria kannte ihn, es war der Notar Alois Pepper; er war mit dem langwierigen Verfahren von Chubblewigs Erben befasst.

Soweit sie sehen konnte, ließ der Mann des Gesetzes seinen Rücken, seinen Arm und seinen Zylinder vielerlei Verdrehungen und Verrenkungen vollführen, bevor er sich an den Herrn wandte und aus einer Ledertasche einen Schlüssel hervorholte, der den vergitterten Zugang zum Collins Square 6b freigab!

Die drei Unbekannten erklommen die Vortreppe, wo wieder Mr Pepper die Eingangstür aufstieß, die nach fünfzehn Jahren gerichtlichen Winterschlafs heftig quietschte.

Gloria traute ihren Auge nicht: War der Streit am Ende beigelegt? Aber wer war der Gewinner? Es sollte sie doch sehr wundern, wenn diese Vogelscheuchen auch nur im Entferntesten etwas mit einem Waisenhaus für junge Mädchen zu tun hätten!

Sie blickte sich um. Vor jedem einzelnen der sechs Häuser am Platze standen sämtliche Hausangestellten und beobachteten wie sie selbst mehr oder weniger diskret das merkwürdige Geschehen, das sich vor ihren Augen abspielte. Die meisten waren in ihren Morgenmänteln.

Der Wagenschlag der großen Kutsche war offen geblieben: Im Gefolge der ersten drei Personen tauchten weitere Individuen auf, düster in Gestalt und Aufmachung, um sich ins Haus zu begeben. Eines, zwei, drei … acht, neun, zehn … vierzehn, fünfzehn, sechzehn … Einer nach dem anderen strömten sie wie Teufel aus einer Wunderlampe hervor! So geräumig das Innere der Kutsche auch sein mochte, niemals hätten all diese Gestalten darin Platz gefunden, außer wenn sie aneinander wie die Rinde am Baum geklebt wären! Einundzwanzig, zweiundzwanzig, dreiundzwanzig …

Erst bei unglaublichen dreiunddreißig nahm das Ganze schließlich ein Ende.

Alle betraten das Haus der Chubblewigs. Sogleich machten die Lakaien sich daran, die Koffer von der Kutsche abzuladen, und daraufhin verschwand das Gespann unter gewaltigem Hufeklappern. Der Notar Alois Pepper wiederum fand sich auf der Vortreppe wieder, nachdem die Eingangstür knallend hinter seinem Rücken ins Schloss gefallen war.

Sowie er einen Fuß auf den Platz gesetzt hatte, stürzten die Bediensteten, die ihn kannten, auf ihn zu. Darunter auch Gloria Pickwick, die einige beiseiteschubste, um sich durchzudrängen; die kleine runde Frau mit den roten Haaren ergriff sogleich das Wort.

»Was geht da vor sich in Nummer 6b, Herr Notar?«

»Dazu werde ich mich nicht äußern.«

Pepper rückte seinen Hut mit jener aufgeblasenen Miene zurecht, wie sie nur solche Männer aufsetzen, die sich mit den Streitereien anderer eine goldene Nase verdienen.

»Aber wer sind diese neuen Bewohner, die wir gerade gesehen haben?«

»Baron Ahriman, seine Familie und Freunde. Aber

genug jetzt: Ich habe erklärt, dass ich mich nicht dazu äußern werde!«

»Und was machen sie im Haus von Lord Chubblewig?«, rief ein junges Dienstmädchen aus Nummer 2.

»Es gehört ihnen, meine Kleine, mit dem heutigen Tag. Die unterzeichneten Papiere befinden sich allesamt in meinem Besitz. Der Baron hat Collins Square 6b gekauft. Aber in meiner Eigenschaft als vereidigter Notar darf ich dazu nichts sagen. Lassen Sie mich gehen.«

Er wollte einen Schritt machen, doch Gloria versperrte ihm den Weg.

»Der Streit um die Nachfolge ist also beendet? Kein Prozess mehr?«

Alois Pepper seufzte wie vor einem Kind, das nicht locker lässt bei Dingen, für die es noch zu jung ist.

»Wie Aristoteles oft sagte«, deklamierte er feierlich, »es sind stets die natürlichen Kräfte auf der Welt, die jeden Weg ebnen. Dazu gehört auch Geld. Das Vermögen Baron Ahrimans hat alle Fragen hinsichtlich des Verfahrens geklärt: Er hat sowohl Chubblewigs Erben wie auch die vom Testamentsverfasser ausgewählte Wohltätigkeitsorganisation mit Gold überschüttet. Ende der Debatte. So ist alle Welt zufriedengestellt.«

Daraufhin strich er mit seinen Skelettfingern über seine vergoldete Krawattennadel, die von einem kostbaren Stein von der Größe eines Stierauges gekrönt wurde. Seine neuen Schuhe und seine neue Uhrkette zeugten unmissverständlich davon, dass auch Alois Pepper seinen Obolus erhalten hatte.

»Wie dem auch sei, in meiner Eigenschaft als Notar

darf ich nichts über diese Angelegenheit offenbaren«, behauptete er noch einmal, als wäre das etwas Neues.

Dieses Mal hielt Gloria ihn nicht mehr zurück.

Meister Pepper stieg in seinen gemieteten Einspänner, der festen Überzeugung, dass er all diese Hausangestellten mit seiner Autorität beeindruckt hatte. Tatsächlich aber hatte ihn eben niemand mehr etwas zu fragen.

»Baron Ahriman?«, murmelte Gloria. »Was ist das für ein komischer Vogel, der neben meiner Herrschaft eingezogen ist? Und mitten in der Nacht antanzt? Aus welchem Land kommt der denn? Dieses Schwarz von Kopf bis Fuß, das hat wirklich nichts sehr Britisches an sich, will ich meinen.«

»Da ja alle so angezogen sind«, meinte Claire, die Zofe von Nummer 2, »muss es sich wohl um einen schmerzlichen Trauerfall in dieser Familie handeln.«

»Ja ... oder Kleidungssitten, die von Gott weiß wo stammen! Mir gefällt das jedenfalls gar nicht, wenn einer so ankommt, klammheimlich, mitten in der Nacht, beinahe unbemerkt von allen ...! Haben die etwas zu verbergen, oder was?«

Daraufhin ließ Gloria die Versammlung stehen und kehrte zu ihrem Geschirr zurück. Jetzt redeten alle durcheinander. Sie aber beteiligte sich nicht am Klatsch des Viertels, den sie verabscheute: Was Gloria interessierte, waren Tatsachen, einzig und allein Tatsachen.

Sie setzte Lord Balmour und seine Frau über ihre neuen Nachbarn in Kenntnis. Lady Meredith, die ihrem Mann in der Bibliothek vorlas, antwortete liebeswürdig wie immer: »Man muss ihnen einen Obstkorb mit einem netten Willkommensgruß schicken. Und wir werden sie zum Teetrinken einladen. Kümmern Sie sich morgen darum, Gloria.«

Gloria zog eine ihrer Augenbrauen hoch, die ebenso rot waren wie ihre Haare, und dachte im Stillen, dass sie sich diesen großen makabren Baron nur schlecht mit einem Glas Porto in der Hand im rosa Boudoir von Madame vorstellen konnte!

»Wer mag er nur sein? Mir schwant nichts Gutes bei seinem Anblick.«

Was auch immer unsere Heldin dachte: Alle Versionen dieser Geschichte, die seit vielen Jahren erzählt wird, stimmen darin überein, dass das unglaubliche Abenteuer so begann … mit der Ankunft des Baron Ahriman am Collins Square.

Kapitel 4

In dem Gloria Überlegungen anstellt wie der große Benjamin Franklin. In dem Gloria sich aufregen und ärgern muss. In dem Gloria beschließt, diesen merkwürdigen Nachbarn nicht mehr zu beachten

Am nächsten Tag begab sich Gloria wie vereinbart mit einem Korb voll Früchten und einer Einladungskarte zu Nummer 6b.

Da stand sie also vor dem verrosteten Gittertor. Eine Neuerung überraschte sie: Das alte und schwarz angelaufene Kupferschild, auf dem seit Jahren der Name Chubblewig stand, war bereits durch ein ebenso großes, jedoch in Gold glänzendes ersetzt worden, mit dem Namen des neuen Besitzers in kursiven Lettern! *Ahriman.*

Gloria zuckte die Schultern.

»Das werden rechte Angeber sein!«

Sie wunderte sich auch, dass trotz der Vielzahl von Menschen, die in dem Haus verschwunden waren, die Fensterläden immer geschlossen blieben und dass selbst vor den großen Fenstern im Erdgeschoss, die keine Fensterläden hatten, immer die Stores zugezogen waren, damit das Innere des Hauses allen Blicken verborgen blieb.

Gloria läutete.

Die Tür auf der Vortreppe öffnete sich und eine Gestalt tauchte auf. Sie war sehr groß, sehr mager und trug einen langen schwarzen Schlapphut. Mit tänzelnden Hüften näherte sich die Gestalt dem Gitter und Gloria, leichtfüßig und beinahe ebenso affektiert wie eine Ballerina.

»Was wollen Sie?«, fragte sie und betonte dabei jede Silbe einzeln.

An ihrer Stimme erkannte Gloria, dass es eine Frau war und dass sie einen rumänischen oder bulgarischen Akzent hatte. Zwar verbarg die Person ihre Gesichtszüge, indem sie die Stirn senkte, doch unserer Freundin entging nicht ein winziges Stück ihrer haarlosen und fahlen Haut, das ihr auf der Stelle Abscheu einflößte.

»Ich komme im Auftrag meiner Herrin, Lady Davy Balmour«, sagte sie, »um Ihnen diesen bescheidenen Korb zu überbringen und um Herrn Baron und Frau Baronin zum Tee einzuladen, wann immer es ihnen genehm ist.«

Die Dame ließ anstelle einer Antwort ihre Finger knacken.

»Haben Sie mich verstanden?«, bohrte Gloria nach, die es gar nicht schätzte, wenn jemand, mit dem sie gerade sprach, sie dabei nicht anblickte.

Die Person schob wortlos eine Hand unter eine Falte ihres schwarzen Gewands und holte einen großen Schlüssel hervor, den sie in das Schloss des vergitterten Portals steckte.

Durch das halb offene Tor griff sie nach Glorias

Obstkorb und dem Brief, bevor sie es wieder zuschlug und das Schloss erneut absperrte.

»Schön«, sagte sie. »Ich werde es ausrichten.«

»Das ist alles?«

»Das ist alles was?«

»Wie bitte? Kein: ›Danke, dass Sie sich hierherbemüht haben‹ oder ein: ›Was für eine reizende Aufmerksamkeit!‹ oder, warum nicht: ›Guten Tag, ich heiße so und so, und Sie, wie ist Ihr Name, werte Freundin?‹ Nun ja, was weiß ich denn. Das Mindeste unter Nachbarn und Hausangestellten eben, gütiger Himmel!«

Gloria verschränkte die Arme und setzte ihre Doggenmiene auf. Eine Miene, die jeden im Viertel erzittern ließ, denn sie war das sichere Vorzeichen für eine plötzliche Ohrfeige oder einen Hieb mit dem Stock.

»Sollten Sie etwa die Absicht haben, hier laut zu werden?«, stieß die Person in abgehackten Silben hervor.

»Ganz genau!«

»Sollten Sie mich etwa mit einer Hausangestellten verwechseln?«

»Es sieht mir in der Tat ganz danach aus! Und Sie geben ein schönes Exemplar ab, glauben Sie mir! Außer wenn in dem Land, aus dem Sie kommen, die Baroninnen die Gewohnheit haben, ihren Besuchern selbst die Tür …«

Sie beendete ihren Satz nicht. Nicht etwa, weil sie glaubte, sie stünde wahrhaftig vor Mrs Ahriman, vielmehr hatte sie soeben einen Blick auf den Obstkorb in den Händen der Gestalt geworfen.

»Hat man so etwas schon gesehen!«

Die Orangen, Trauben und Birnen verfaulten vor ihren Augen! Schon umhüllte sie ein ekelerregender grünlicher Flaum.

Die Person schüttelte herablassend den Kopf und machte kehrt mit den Worten: »Der Herr Baron wird Ihnen antworten.«

Dann stieg sie die Vortreppe hinauf und verschwand.

Gloria blieb einen Augenblick mit offenem Mund stehen. Ringsherum standen Bedienstete an den Fenstern vom Collins Square und versuchten zu begreifen, was da wohl vor sich ging.

»Hast du etwas Neues herausbekommen, Gloria?«, warf ihr der Kutscher von Nummer 4 zu.

Gloria schüttelte hastig den Kopf, denn sie war überzeugt, dass man sie für eine Irre halten würde, wenn sie erzählte, was sie zu sehen geglaubt hatte. Sie ging ihres Weges. Im Übrigen würde sie selbst ganz bestimmt ihrer eigenen Schilderung nicht glauben, wenn jemand anders ihr etwas dergleichen erzählt hätte. Gloria war eine Person ihres Jahrhunderts und stand mit beiden Beinen auf der Erde! Sie war ein vernünftig und praktisch denkender Mensch und schenkte Geschichten über anormale und fantastische Phänomene so wenig Glauben, dass sie sich wie der große Benjamin Franklin, als er mit einem Meteoriten konfrontiert wurde, zu der Behauptung versteigen würde: »Es können keine Steine vom Himmel fallen, weil es keine Steine am Himmel gibt!« Aus diesem Holz also war ihr Geist geschnitzt, und für Früchte, die dermaßen schnell verfaulten, war darin kein Platz.

Auf jede Frage, so sagte sie sich, gibt es eine Antwort, man muss nur systematisch und gründlich danach suchen.

***

Im Laufe des Nachmittags antwortete der Baron den Balmours mit einem Briefchen und einem Blumenstrauß. Gloria überbrachte sie Meredith. Bei der Gelegenheit wollte sie mit ihrer Herrin über ihre ersten Eindrücke von dem Nachbarn sprechen. Sie wusste, dass sie bei Lady Balmour immer ein offenes Ohr fand.

Meredith, eine sehr schlanke Frau mit kohlrabenschwarzen Haaren und tiefblauen Mandelaugen, war eine reine Seele, eine wachsame Mutter, eine beispielhafte Ehefrau und Hausherrin, die niemals die Nerven verlor. Außerdem war sie eine Mitbürgerin mit großem Herzen – so großzügig im Übrigen, dass sie darauf verzichtet hatte, sich den diversen Wohltätigkeitszirkeln anzuschließen, die von den vermögenden Ehefrauen ihres Viertels geleitet wurden. Letztere spielten nämlich mehr eine mondäne als eine wohltätige Rolle und verausgabten ihre Energie für raffinierte Häppchendarreichungen, festliche Veranstaltungen oder Schlemmermenüs, die sie aufopferungsvoll ertrugen. Ganz offenbar sagten sich diese Philanthropen des schönen Geschlechts, dass ein Hummersalat oder ein Pistaziensorbet die beste Waffe zur Ausrottung des Hungers in der Welt seien. Meredith Balmour wunderte sich, dass sich diese Damen unter großem Trara so sehr dafür einsetzten, Expeditionen auf die andere

Seite des Globus zu finanzieren, während all die mittellosen Kinder aus dem Norden der Stadt ihnen keine einzige Träne entlockten.

Sie mied also diese heuchlerischen Cocktailpartys und überließ das Schicksal der Urvölker ihren Schwestern der Nächstenliebe, um ihre gesamte Energie in den Aufbau einer kostenlosen Schule, in der es keine Peitschenhiebe mehr gab, zu stecken – im Industriegebiet von Manchester, wo der Wert von Kindern sonst in Schubkarren oder geölten Kolben gemessen wurde.

Obgleich Lord Davy Balmour dreißig Jahre älter war als seine Frau und seine körperliche Erscheinung alles andere als einnehmend (er war klein, kahlköpfig, dickbäuchig und mit einem verblüffend platt gedrückten Gesicht gesegnet), verband ihn eine Liebesheirat mit Meredith. Lord Balmour entstammte einer uralten schottischen Familie und war als ehrlicher Politiker und Menschenfreund auf den Bänken des Parlaments gealtert. Inzwischen hatte er sich, erschöpft und abgeklärt, aus dem aktiven Leben zurückgezogen und beschlossen, seine letzten Jahre in der Annehmlichkeit seines Zuhauses zu verbringen, im Schoße seiner Familie.

Meredith las im Salon das von Gloria überbrachte Briefchen des Nachbarn.

Darin dankte Baron Ahriman Lady Balmour für ihre Aufmerksamkeit vom Vormittag, bedauerte jedoch zugleich, dass er ihrer Einladung zum Tee auf unabsehbare Zeit nicht Folge leisten könne. Er erklärte, er leide an einer langwierigen und schweren Krankheit, sei jedoch sicher, wieder davon zu genesen. Nur habe sein Arzt ihm jeden Ausgang verboten.

Dieser Dankesbrief wurde von einem absolut sensationellen Blumenstrauß begleitet.

»Haben Sie diese herrliche Blütenpracht gesehen, Gloria?«, rief Meredith aus. »Zeigen Sie sie doch gleich Zoé, das wird sie entzücken!«

Zoé stand wie versteinert vor der floralen Komposition.

»Aber …«, sagte sie, »ich habe noch nie irgendwo solche Blumen gesehen, Madam!«

»Na, na, was sagst du denn da?«, widersprach Gloria, die nicht wollte, dass ihre Tochter sich mit mangelhaften Kenntnissen über Blumenarten blamierte.

»Nein, Mama, ich bin mir sicher. Diese Blumen … nun, diese Blumen … Verzeihung, aber sie existieren nicht!«

Rote und blaue in Gestalt eines Dreizacks; rosafarbene, gelbe und violette, die einem Füllhorn glichen; weiße mit schwarzer Spitze, die vollkommen makellose Dreiecke bildeten; orange- und schokoladenfarbene in regelmäßigen, konzentrischen Kreisen.

»Ich bin mir sicher, dass ich sie nie in meiner Enzyklopädie gesehen habe«, beharrte Zoé. »Daran würde ich mich erinnern!«

»Sie sind wahrhaftig originell«, sagte Lady Balmour voller Bewunderung. »Dieser Baron ist ein echter Gentleman, der die Damen zu überraschen versteht!«

»Ähh … ich frage mich allerdings, was für eine Krankheit er wohl haben mag, dieser Baron«, brummte Gloria ungläubig vor sich hin. »Er machte keinen sehr leidenden Eindruck, als er letzte Nacht aus seiner Kutsche stieg. Dahinter verbirgt sich bestimmt irgendetwas. Und außerdem mag ich die Art dieser Leute nicht besonders.«

Meredith warf ihr einen tadelnden Blick zu.

»Überlegen Sie sich lieber, wie wir ihm eine Freude machen können. Und lassen Sie das, überall nur das Schlechte zu sehen, hören Sie? Sie jagen mir ja Angst ein mit Ihren Verdächtigungen!«

Innerhalb einer Sekunde lief Glorias Gesicht rot an.

»Überall das Schlechte?«, rief sie. »Verzeihung, Madam, aber bin ich für gewöhnlich eine, die sich ohne Grund ängstigt? Ich meine, habe ich in sieben Jahren Dienst eine charakterliche Schwäche an den Tag gelegt, die darauf schließen lässt, dass ich, wie Sie sagen, überall und unter allen Umständen nur das Schlechte sehe?«

Meredith lächelte und schüttelte sanft den Kopf. Sie kannte das Temperament ihrer Gouvernante.

»Nein, Gloria, nein, das sieht Ihnen nicht ähnlich. Verzeihung. Das ist tatsächlich ganz und gar ungewohnt. Regen Sie sich nicht auf. Reden wir nicht mehr darüber. Ich wollte nur sagen …«

Allmählich verblassten die Wangen der Gouvernante von purpurrot wieder zu rosigen Tönen. Sie fuhr fort: »Ich möchte also richtigstellen: Ich sehe das Schlechte nur auf Nummer 6b bei uns nebenan. Ich empfinde ein deutliches Unbehagen bei dem Gedanken, dass diese unbekannten Leute eine Tür weiter wohnen. Mir schwant nichts Gutes bei ihrem Anblick. Dieses Gefühl überfällt mich so selten, dass ich mir erlaube, es Ihnen mitzuteilen. Aber damit genug, Sie haben recht, sprechen wir nicht mehr darüber, ich werde meine Zunge über den Baron und seine Sippschaft im Zaum halten.«

Gekränkt verließ Gloria mit Zoé das Zimmer, und sie hielt Wort und vermied jedes Gespräch, das möglicherweise die Nachbarn zum Gegenstand haben konnte.

Und das, obwohl im Monat nach dem Einzug des Barons Ahriman die Diskussionen unter den Bediensteten am Collins Square über genau dieses Thema immer lebhafter wurden.

»In der ganzen Zeit, seitdem er hier ist, hat nie ein Mensch dieses Haus verlassen!«, sagte eine vertrauenswürdige Person.

»Die Fensterläden sind Tag und Nacht geschlossen.«

»Alle Einladungen der Nachbarn schlagen sie aus.«

»Die Ratten und Mäuse sind Hals über Kopf aus dem Haus geflüchtet!«

Einige nahmen sich die Geschehnisse so zu Herzen, dass sie der Sache genauer auf den Grund gehen wollten. Doch das bekam ihnen schlecht.

»Noch viermal ist die Kutsche mit den sechs Pferden wiederaufgetaucht«, erklärte Ned, der Sekretär von Nummer 1. »Ich wollte ihr folgen. Der Wagen nimmt immer den gleichen Weg und fährt durch den langen Tunnel von Heathson.«

Ned machte eine bedeutungsschwangere Pause, um seiner Verblüffung nachdrücklich Ausdruck zu verleihen.

»Also, sie fährt an einem Ende des Tunnels hinein …

aber sie kommt nie auf der anderen Seite wieder heraus! Das Gespann verschwindet einfach, es löst sich buchstäblich am dunkelsten Punkt des Tunnels in Luft auf. Man hört es noch mit seinem unglaublichen Getöse dahinrollen und plötzlich, pfft! ist nichts mehr davon zu sehen!«

Diese Geschichte mit der Kutsche sorgte überall am Collins Square für Entsetzen. Doch die Gouvernante der Balmours weigerte sich, diese albernen Märchen zu glauben.

»Ich will nichts davon hören. Das interessiert mich nicht. Solange dieses Spukgefährt mich nicht auf dem Weg zum Markt über den Haufen fährt, existieren Ahriman und seine Bande nicht für mich.«

»Aber irgendetwas ist da doch faul!«, beharrten alle und jeder, »wir müssen gemeinsam Licht in die Sache bringen.«

Je hartnäckiger die anderen drängten, umso mehr ärgerte sich Gloria nun wirklich.

»Genug jetzt damit! Ihr seid verrückt geworden, wahrhaftig! Der Nächste, der mir mit diesem Angeber von 6b auf die Nerven fällt, bekommt von mir eine übergebraten!«

Eine Drohung, die durchaus sehr ernst genommen wurde. Man muss dazusagen, dass wohl ein jeder Hausangestellte der Umgegend in den sieben Jahren ihrer Tätigkeit am Collins Square schon mindestens einmal eine Ohrfeige von Mrs Gloria kassiert hatte …

Es sollte noch ein paar Tage dauern, bis ein übernatürliches Ereignis den Lauf der Dinge durcheinanderbrachte und unsere Freundin Gloria dazu zwang, ihre Meinung zu überdenken.

Bis zu diesem Augenblick standen die Bewohner von Collins Square Nummer 6b unter der Beobachtung ihrer Nachbarn aus dem Viertel … doch nicht nur unter deren. Weit weg davon entfernt machten sich auch noch andere Personen, die für unsere Geschichte von zentraler Bedeutung sind, Sorgen über die Anwesenheit von Baron Ahriman …

Kapitel 5

In dem unsere treuen Leser Personen wieder begegnen, die sie aus Der kleine Weihnachtsmann *kennen. Und in dem wir uns ganz im Einklang mit Charles Dickens befinden, wenn er sagt, alles müsse in der Welt schiefgehen, weil sie wahrscheinlich schlampigerweise dazu bestimmt sei*

Ein alter Weiser aus Persien hat einmal gesagt: »Wenn die Menschen nicht mehr die Sterne am Himmel beobachten, haben sie ein wenig von dem verloren, was ihre Seele ausmacht.« Offenbar hat dieser Weise schon vor so langer Zeit den Moment vorhergesehen, als in London zweitausend Jahre später die Straßenbeleuchtung mit Gaslampen eingeführt wurde. Denn man muss einfach zugeben, sogar ganz entschieden, dass 1854 jeder in der Stadt, der mitten in der Nacht den Blick zum Himmel richtet, dort nichts weiter zu sehen bekommt als eine beklemmende Hülle aus braunem Rauch, durchsetzt vom metallischen Funkeln der Laternen, die die Straßen säumen. Keinen einzigen Stern. Geschweige denn ein Sternbild. Die Milchstraße gar, wer denkt noch an so etwas? Und den Mond, ja schon, aber nur mit Unterbrechungen. Das

Ergebnis ist, dass niemand mehr eine Galaxie benennen, den Lauf eines Planeten verfolgen oder die Umrisse der Götter und Himmelstiere erkennen kann, die unsere Vorfahren über ihren Köpfen zählten. Ich weiß nicht, ob der Weise aus Persien zu Recht die menschliche Seele in seinem Spruch erwähnt, aber dass die Menschen ihren Orientierungssinn verloren haben, lässt sich nicht bestreiten. Wer kann denn heute noch mit bloßem Augenmaß bestimmen, wo Norden ist oder wie spät es ist? Innerhalb sehr weniger Jahre hat der Mensch es verlernt, sich nach den Sternen zu richten. Und ohne sie als Lotsen am Firmament versteht man keinen Weg mehr zu finden. Ein Mensch der Antike verirrte sich nie, so heißt es, während ein moderner Mensch selten weiß, wohin er geht, sobald er sich nicht mehr an einen Straßennamen halten kann.

Mit diesem ganzen astronomischen Sermon will ich sagen, dass Sie, wenn sich der Londoner Himmel an diesem Abend aus Versehen zu zeigen geruht hätte, also wenn, ja dann hätten Sie wie ich am Himmelsgewölbe ein winziges Sternbild entdeckt mit dem Namen *Kleines Pferd*.

Und im Zentrum dieses bewohnten Sternbilds eine ganze Welt voller Feen, Elfen, Sirenen, Zauberer, Einhörner, Schutzengel und sprechender Tiere! Jawohl, die gleichen Zauberwesen, die unsere Märchen und Sagen bevölkern, die gleichen Geschöpfe, die bis vor Kurzem in vollkommener Harmonie mit den Menschen lebten – wie eine Vielzahl glaubwürdiger alter Texte wie die *Artussage* oder die Märchen der Gebrüder Grimm beweisen. In diesen fernen Zeiten konnte ein Mensch keinen Wald durchqueren, ohne Gnomen oder Luftgeistern zu begegnen, an keinem Brunnen trinken, ohne die Stimme des Geistes zu vernehmen, der darin wohnte …

Doch in dieser fernen Epoche (und ich spreche hier von einer Zeit die alle, die jünger als 974 Jahre sind, nicht verstehen können) geschah es, dass die Menschen, als sie die Geheimnisse und übersinnlichen Kräfte ihrer zauberhaften Nachbarn zu durchdringen suchten, beinahe ihr Ziel erreichten und kurz davorstanden, den Göttern gleich zu werden. Aus Entsetzen über diese mögliche Entwicklung verließen alle Zauberwesen tags darauf unseren Planeten. Engel und Dämonen, Pferdegreifen und Irrlichter, Drachen und kleine Wasserfeen gingen ins Exil. Die guten Geister brachen zum Sternbild des Kleinen Pferds auf, die bösen Geister aber zogen sich ins Sternbild Eridan zurück.

Seit diesem Tag (den man in der Welt der Märchen den Großen Aufbruch nennt) besteht keine Hoffnung mehr, unterwegs einem Troll oder einer Nymphe zu begegnen: Sie sind ja nicht mehr hier! Seitdem lebt der Mensch in einer Welt, die jeglicher Magie beraubt ist. Und nur in den Märchen für Kinder findet man noch eine Spur davon. Dieses ganze Völkchen existiert seitdem fern von uns, fern unseres Planeten, in jenem abgeschiedenen Winkel des Himmels an den Rändern von Pegasus, Wassermann und Delfin.

In einer Region dieser Welt könnte es Ihnen passieren, dass Sie auf eine Versammlung von sympathischen Engeln stoßen, die sich unter dem Vorsitz einer hohen Dame mit ernster Miene namens Fee Dora um einen runden weißen Tisch zusammengefunden haben. Obwohl seit fast einem Jahrtausend beinahe keines der anwesenden Mitglieder auf die Erde zurückkehren konnte (der Exilbeschluss war endgültig und galt ausnahmslos für jeden), nahmen sie trotzdem noch immer Anteil am Leben der Menschen und an der Entwicklung ihrer verschiedenen Glaubensrichtungen.

Heute lag ein Hauch von Revolte über der Versammlung; die Atmosphäre war angespannt. Im Verlauf der Sitzung spürte Fee Dora, dass alle eine Erklärung von ihr erwarteten, etwas, das Klarheit schaffen würde über verschiedene Gerüchte, die im Kleinen Pferd die Runde machten. Gerüchte, die dessen Bewohner in höchstem Maße beunruhigten …

Doch die Fee fuhr fort, ohne von dem Thema abzuweichen, das auf der Tagesordnung stand: die Vorbereitung des nächsten Weihnachtsfests.

»Der Dezember steht vor der Tür, es ist also Zeit uns zu vergewissern, ob alles vorbereitet ist und rechtzeitig fertig wird.«

Alle machten: »Ja, ja, ja!«, riefen: »Natürlich!« und »Packen wir es an!«, aber niemand war wirklich bei der Sache. Weihnachten lag ihren Gedanken nämlich so fern wie man sich nur vorstellen kann. Die Engel hatten nichts anderes im Kopf als die schrecklichen Enthüllungen vom selben Morgen.

Am Ende der Sitzung erhob sich indes die Fee Dora, ohne das Thema angesprochen zu haben. Sie ließ sich gemäß der Etikette verabschieden und verließ sodann den Raum, während die Versammlungsmitglieder verdutzt zurückblieben.

Im Weggehen hatte ihr Blick den von Farlow gekreuzt, der mittlerweile ihr engster Berater war, und der hatte ihr zugeraunt: »Sie haben recht getan, nicht darüber zu sprechen …«

Daraufhin war sie in ihr Büro zurückgekehrt.

Wie wir andernorts bereits geschildert haben, hatte diese große Dame schöne blonde Haare, und sie trug immer ein langes schwarzes Gewand, das blauschwarz schimmerte wie das Federkleid eines Raben.

Sie saß alleine an ihrem Arbeitstisch.

Nun ja, nicht ganz allein.

»Guten Tag, Esclarmonde«, sagte sie aus heiterem Himmel, als ob jemand neben ihr stünde.

Ein Geist war zu ihr ins Zimmer gekommen.

Im Unterschied zu den Engeln und allen anderen Bewohnern des Sternbilds vom Kleinen Pferd besaßen die Geister keine körperliche Hülle. Keine Gestalt. In ihrem Fall war dies eine Art Pfand für ihre Reinheit.

Der unsichtbare Geist, der sich in diesem Augenblick der Fee Dora zu erkennen gab, war der einer Eremitin, die im Mittelalter durch Entbehrungen und lange Gebete ihre Seele derart gereinigt hatte, dass sie sofort nach ihrem Tod diesen beneidenswerten ätherischen Zustand erreicht hatte.

»Guten Tag«, versetzte der Geist. »Du hast mich gerufen?«

Die Fee nickte mit sorgenvoller Miene und erhob sich.

Ohne Umschweife sagte sie: »Baron Ahriman ist auf die Erde zurückgekehrt. Er hat gleich einen ganzen Hofstaat mitgenommen. Die Lage ist ernst.«

Der Geist antwortete: »Man hört tatsächlich allerlei Gerüchte dieser Art. Aber wie kann das möglich sein?«

»Das Einfachste von der Welt. Wir, die guten Engel im Sternbild des Kleines Pferds, sollten nach dem Großen Aufbruch nie wieder einen Fuß in die Welt der Menschen setzen, genau wie *sie*.«

Sie, das waren die Teufel und Dämonen, die im Sternbild Eridan Zuflucht gefunden hatten.

»Dieses Urteil gilt für die Völker des Guten wie für die Völker des Bösen«, fuhr die Fee fort. »Sofern nicht der eine oder andere sich über dieses Verbot hinweggesetzt.«

»Und das hat Baron Ahriman getan?«

»Nein. Nein, leider ...!«

Die Fee Dora schüttelte den Kopf.

»Wir waren als Erste so vermessen. Wir haben es gewagt, im vergangenen Jahr mit dem Weihnachtsmann eine neue Figur zu erschaffen.«

Die Fee Dora legte ihre Stirn in Falten.

»Die Dämonen haben davon erfahren, und nun sind sie zu den Menschen zurückgekehrt. Nach fast einem Jahrtausend der Abwesenheit. Und das alles ist unsere Schuld! Wir haben ohne zu überlegen eine Ausnahme gemacht, nun haben auch sie das Recht dazu. Sie profitieren von unserem Frevel.«

Ein langes Schweigen trat ein.

»Aus welchem Grund erzählen Sie mir das, meine gute Fee?«

»Weil ich beschlossen habe, Esclarmonde, dass du diejenige sein wirst, die auf die Erde zurückkehrt, um den Teufel zu überwachen!«

Wieder herrschte ein bedrückendes Schweigen im Raum.

»Sie wollen, dass ich hinabsteige?«, fragte der Geist schließlich schüchtern.

»Ja. Ich möchte, dass du zu meinen Augen und Ohren wirst. Halte mich über alles auf dem Laufenden, was er macht und tut. Dann werden wir darüber nachdenken, mit welchen Mitteln wir ihn schlagen können.«

»Es ist nur …«

»Das ist keine Bitte, Esclarmonde, das ist ein Befehl!«

»Gut.«

»Und jetzt hör mir genau zu: So sollst du es anstellen …«

Einige Stunden später tauchte der Geist Esclarmonde zu unserem Planeten hinab. Er landete auf englischem Boden, mitten in London, in einem Viertel ganz in der Nähe von Collins Square …

***

Es war Nacht. In Kürze würde es zu schneien beginnen. Die Straßen waren menschenleer, wie gewöhnlich in den vornehmen Vierteln: keine Tavernen, keine Vagabunden, keine lärmenden Hotels.

Und dennoch zeichnete sich auf dem Pflaster eine Silhouette ab. Sie lief mit kleinen Schritten entlang und wich dem Licht der Straßenlaternen aus.

Eine junge Frau. Oder ein großes Mädchen, wie Sie wollen. Sie war schön, so schön, dass sie alte Drachen in den Selbstmord treiben mochte, Greise möglicherweise ins Straucheln gerieten und sie Cupido dazu brächte, auf einem Fuß zu tanzen!

Sie warf Blicke nach allen Seiten und ging ohne Pause bis zu den Kais, die die Themse säumten, und setzte dann ihren Weg fort, bis sie die Mitte einer Brücke erreicht hatte.

Dort angekommen kletterte sie auf das Geländer und trat bis an den Rand vor, wo sie regungslos balancierend die eisigen Fluten betrachtete, die unter ihren Füßen tosten.

Ein Windhauch hätte genügt, damit sie wie ein Stein ins Wasser fiele.

Das Gesicht der Unglückseligen war gerötet und geschwollen von den Tränen, die über ihre Nase liefen, bevor sie die Fluten der Themse füllten. Sie schniefte atemlos und bleich und murmelte unverständlich vor sich hin.

In dem Augenblick, da sie den einen Schritt zu viel tun wollte, genau in dem Moment, in dem in dieser Seele voller Kummer der Tod beschlossen worden war, spürte das junge Mädchen, wie eine Art elektrischer Schock durch ihren Körper fuhr und eine plötzliche Wärme ihr Herz erfüllte. Und während auf ihren Lippen ein Lächeln erschien, packte sie panische Angst wegen ihrer augenblicklichen Position und sie wich abrupt zurück.

Aufgewühlt von der Vorstellung, dass sie ihr Leben aufs Spiel gesetzt hatte, stand sie nun wieder hinter dem Geländer. Ihre Verzweiflung verschwand wie durch Zauberei. Sie wischte die Tränen weg, atmete tief durch und überzeugte sich selbst, dass das Leben mit Sicherheit die mühselige Anstrengung lohnte, gelebt zu werden, selbst unter schrecklichen Bedingungen.

Man bezeichnet diesen Zustand für gewöhnlich als »Bewusstwerdung«. Nun, das trifft die Sache genau auf den Punkt. Esclarmonde war auf die Erde zurückgekehrt und hatte das Bewusstsein dieser jungen Frau »übernommen«.

Und Letztere kehrte vollkommen verändert nach Hause zurück.

Das heißt zum Collins Square Nummer 2, wo sie in der Mansarde ein Dienstbotenzimmer bewohnte. Sie arbeitete dort als Zimmermädchen bei Lady Lipka.

In dem engen Dachkämmerchen öffnete das Mädchen das runde Bullaugenfenster. Von dort hatte es eine freie Sicht auf die Nummer 6b von Baron Ahriman.

Um diese Nachtzeit waren alle Fensterläden des Hauses verschlossen; dennoch bestand kein Zweifel darüber, dass die Gasbeleuchtung wohl jedes Zimmer auf den drei Stockwerken erhellte. Da schlief niemand im Haus Nummer 6b am Collins Square!

Die junge Frau fand das höchst verdächtig.

Schließlich kletterte sie auf ihr Bett, ohne daran zu denken, was sie riskierte, und dachte sich, dass sie diesen seltsamen neuen Baron besser überwachen sollte …

Ihr Name war Claire.

Kapitel 6

In dem der Weihnachtsmann zur größten Freude der Kleinen zurückkommt

Der 1. Dezember 1854 war gekommen. Dieses Datum sagt Ihnen vielleicht nichts, doch ein Jahr zuvor hatte sich am gleichen Tag ein unerhörtes Ereignis zugetragen: Eine wahre Papierflut, ein Regen von Briefen, und alle nur an Kinder adressiert, war auf wundersame Weise in der Nacht herniedergegangen.

Ein neues Zauberwesen hatte sich darin unter dem Namen Weihnachtsmann vorgestellt und Jungen und Mädchen aufgefordert, auf diesen Vorschlag zu reagieren: *Schreibt eure guten und schlechten Taten des Jahres auf und sucht euch ein Spielzeug als Belohnung aus.* Wenn sie ehrlich ihre guten und schlechten Taten auflisteten und wenn die guten die schlechten überwogen, dann bekämen sie von ihm das erhoffte Geschenk.

Am darauffolgenden 6. Dezember, dem Tag des heiligen Nikolaus, sammelte der Weihnachtsmann alle Antworten ein, und am 25. desselben Monats, genau in der ersten Sekunde der ersten Minute der ersten

Stunde, wurden die Geschenke verteilt. Das war das erste Weihnachtsfest in seiner heutigen Form, so wie es immer noch gefeiert wird!

Es machte keinen Unterschied, Weihnachten übte auf alle Kinder gleichermaßen einen Zauber aus: auf die Waisenkinder, auf die Unglücklichen, die in den Fabriken von Lancashire schufteten ebenso wie auf diejenigen Stadtkinder, die das Glück hatten, in einer Familie aufzuwachsen, die ihnen notfalls Schutz gewährte. Was bedeutete da die soziale Stellung – bei der bloßen Erwähnung des Wortes Weihnachten glänzten ihre Augen vor Freude, und ein Lächeln legte sich auf die kleinen runden Gesichter.

Schon in den ersten Novembertagen dieses Jahres hatte Zoé Pickwick angefangen, über ihren Brief an den Weihnachtsmann nachzudenken und die Liste ihrer guten Taten zusammenzustellen. Zu diesem Zweck tat sie sich mit den Balmour-Kindern Katherine, Emily und Robert zusammen, und die waren nicht weniger aufgeregt.

Zwischen ihnen gab es keine Lügen oder Heucheleien mehr, kühl und mit ausgeprägtem Moralgefühl prüften die Kinder ihr Verhalten untereinander. Die Zeit war vorbei, in der man sich von Worten einlullen lassen oder einen heiklen Punkt vertuschen konnte. Denn eines war im vergangenen Jahr klar geworden: Die Schwindler und Bösewichte hatte der Weihnachtsmann enttarnt und sie hatten am 25. Dezember nichts bekommen außer einem Briefchen mit der Aufforderung, sich in Zukunft besser zu benehmen. Die waren leer ausgegangen!

Diese Maßnahme hatte ihre Wirkung. Niemals waren die Kinder der Welt so wohlerzogen gewesen wie in diesem Jahr 1854, und nie hatten sie sich so vor einer Bestrafung gefürchtet, wenn sich jemand schlecht benommen hatte.

Am 1. Dezember also verschickte der Weihnachtsmann seine voller Hoffnung begehrten Briefe genauso wie im vergangenen Jahr!

Alle, die an der Existenz des Weihnachtsmanns gezweifelt hatten, waren nun beruhigt, und alle, die unerschütterlich an ihn geglaubt hatten, waren überglücklich.

Allerdings gab es in der diesjährigen Botschaft noch eine zusätzliche Klausel: Der Weihnachtsmann forderte alle Familien, die auf sein Kommen hofften, auf, einen Tannenbaum so strahlend hell wie möglich zu schmücken und am Weihnachtsabend alle Lichter zu entzünden, damit er vom Himmel oben auch nicht die kleinste Behausung übersehen konnte.

Schon im nächsten Augenblick waren die »Weihnachtsbäume« in aller Munde.

Wie im Jahr zuvor zeigten sich die Erwachsenen dem Ganzen skeptisch gegenüber. Dieses Mal verdächtigte die britische Presse (nach den Spielzeugherstellern des vergangenen Jahres) die Produzenten von Nadelbäumen als Urheber dieser kommerziellen Farce. In den Kolumnen der äußerst seriösen Tageszeitungen *Standard* und *The Times* rügte man diese unziemliche Art, den eigenen Bekanntheitsgrad zu steigern und die Engländer zum Kauf von Tannenbäumen zu animieren.

Die Kinder indes kümmerten diese Auseinandersetzungen wenig. Ob es nun echte Tannenbäume aus den Vogesen für die Reichen oder aus Pappe ausgeschnittene Nadelbäumchen für die Ärmsten waren, es war nur noch die Rede von Girlanden und Kerzen, die man auf Äpfel steckte.

So fand der Weihnachtsbaum von einem Tag auf den anderen seinen Platz neben der Krippe mit dem Jesuskind und den Stiefeln des heiligen Nikolaus!

Wie alle Mütter auf der Welt freute sich auch Gloria Pickwick über die Rückkehr des Weihnachtsmanns. Nur die Väter gaben sich weiterhin schwer zugänglich; sie konnten sich nicht vorstellen, dass ein alter Mann mit Schmerbauch auf einem Schlitten hinter fliegenden Rentieren einem Großteil der Weltbevölkerung antworten und so viele Geschenke gleichzeitig und überall zugleich verteilen könnte. Irgendwie musste da »Lug und Trug« dahinterstecken! Perfekt durchgezogen, gewiss, aber dennoch Lug und Trug.

Am 6. Dezember 1854 nahm der Weihnachtsmann die Antworten der Kinder wie im Jahr zuvor entgegen, indem er alle Briefe verschwinden ließ!

Am Collins Square verdrängte das Thema Weihnachtsmann den mysteriösen Baron Ahriman aus den Gesprächen. Das lag daran, dass sich an dieser Front seit einem Monat nichts getan hatte: Die Fensterläden blieben immer geschlossen, niemand zeigte sich außerhalb des Anwesens, nie hörte man auch nur den geringsten Laut, und es war nicht die leiseste Anstrengung unternommen worden, um die Fassade des alten Gebäudes ein wenig in neuem Glanz erstrahlen zu lassen. Ein vorübergehender Fremder hätte nicht gedacht, dass dieser Ort bewohnt war!

Ob es auf 6b Kinder gab, die auch auf den Weihnachtsmann warteten?

Am Abend des 24. Dezember hielten es Zoé Pickwick sowie Katherine, Emily und Robert Balmour fast nicht mehr aus. Und die meisten Kinder auf der Welt nahmen sich vor, in der Nacht kein Auge zuzutun, um den Weihnachtsmann auf seiner Runde zu überraschen.

Nach Einbruch der Nacht kämpften sie gegen den Schlaf.

Doch eines nach dem anderen unterlag schließlich seiner Müdigkeit und schlief ein – manche mit dem Ohr an der Tür ihres Zimmers, andere an das Fensterbrett gelehnt, wieder andere saßen auf der obersten Treppenstufe zum Wohnzimmer. Die Eltern hoben sie hoch und trugen sie in ihre Betten. Trotz der Proteste mancher Väter hatten die Mamas darauf bestanden, ihr Versprechen zu halten, und ließen die Beleuchtung am Tannenbaum die ganze Nacht über brennen, um »dem Weihnachtsmann zu helfen«.

So ging der Tag des 24. Dezember 1854 zu Ende. Auf den ersten Blick ein Wintertag wie alle anderen.

Aber nur auf den ersten Blick.

Kapitel 7

In dem Gloria ihre Ansichten revidiert

Gloria und Zoé verbrachten beide aus unterschiedlichen Gründen eine fürchterliche Nacht.

Die Kleine ärgerte sich, dass sie vor Mitternacht eingeschlafen war; um zwei und um vier Uhr nachts war sie jeweils aus dem Schlaf hochgeschreckt, hatte jedoch nicht gewagt, ihr Zimmer zu verlassen und im Salon der Balmours nachzusehen, wo ihre Belohnung liegen musste. Während Zoé auf das Morgengrauen wartete, wälzte sie sich unruhig in ihrem Bett hin und her.

Die Mutter wiederum fand keinen Schlaf wegen des unglaublichen Lärms, der von der Straße kam. Wäre plötzlich eine Kirmes oder ein Karneval über den eher beschaulichen Collins Square hereingebrochen, ihre Ohren hätten nicht so sehr geschmerzt. Es dauerte eine Zeit lang, bis sie schließlich zornentbrannt ihre Nachthaube zu Boden schleuderte und aufstand, um nachzusehen, was los war.

Zu ihrer großen Verblüffung kam das Getöse aus dem Haus von Baron Ahriman!

Die Fensterläden waren geöffnet, die Fenster trotz

der Kälte sperrangelweit aufgerissen, und alle Gaslaternen und Kerzenständer brannten hemmungslos. Gloria zog einen Umhang über ihr gestärktes Nachthemd, legte einen Schal und eine rote Haube an und ging hinaus, um sich das Ganze genauer anzusehen.

In jedem Stockwerk sah man Dutzende von Leuten beim Feiern. Musik erklang, und gleichzeitig hörte man Stimmengewirr und Gelächter, dazu klirrten Gläser, und es gab Applaus. Dieses Anwesen, das seit Wochen so ruhig und erstarrt wie ein Mausoleum dagelegen hatte, war mit einem Mal Schauplatz eines regelrechten Gelages!

»Das ist ja nicht zu glauben«, sagte Gloria zu sich selbst.

Mit ihr staunten noch andere Hausangestellte auf dem Platz über den Ausbruch von Fröhlichkeit auf Nummer 6b.

Noch bis zum Morgengrauen drangen die Freudengesänge weiter aus dem Haus.

In diesem Moment stand Zoé aus ihrem Bett auf. Im Flur stieß sie auf ihre Mutter, die im Nachthemd dastand, mit zerzausten Haaren und großen schwarzen Ringen unter den Augen.

»Ich habe schlecht geschlafen«, sagte das Mädchen.

»Und ich erst«, antwortete die Mutter. »Hast du diesen Lärm gehört?«

»Ein bisschen. Wissen Sie, ob der Weihnachtsmann gekommen ist, Mama?«

Diese Frage beschäftigte das Kind nämlich viel mehr als das seltsame Gebaren der Nachbarn.

»Der Weihnachtsmann? Meine Güte, du hast recht,

ich habe gar nicht mehr daran gedacht. Sehen wir nach, was er dir gebracht hat, meine Süße!«

Zoé hüpfte vor Freude und klatschte in die Hände, während sie sich im Kreis drehte. Beide machten sich in Richtung Wohnzimmer auf. Die Lichter des Tannenbaums brannten ununterbrochen, aber sonst war es noch dunkel. Die Sonne ging gerade erst auf, sodass Zoé sich in diesem Zimmer, das sie in- und auswendig kannte, nicht mehr zurechtfand. Die Wände und Möbel waren in ein bläulichgoldenes Licht getaucht und mit Schatten gesprenkelt. Eine unheimliche Stille herrschte darin. Während Zoé sich dem Kamin und dem Weihnachtsbaum näherte, kam es ihr so vor, als würden alle Möbel ihr mit Blicken folgen, ebenso wie die ganzen Bilder, Teppiche und Jagdtrophäen des Lords. Sie umklammerte fest die Hand ihrer Mutter.

Als sie sich dem Weihnachtsbaum näherte, drückte sie so fest zu, dass Gloria vor Schmerz ein »Autsch!« ausstieß.

Dem »Autsch!« folgte ein »Oh!« aus dem Mund Zoés.

Es gab kein Geschenk zu Füßen des Tannenbaums. Das Mädchen wagte nicht mehr weiterzugehen. Verstört warf es suchende Blicke in alle Richtungen. Es wurde blass und Tränen liefen wie ein Sturzbach über sein Gesicht. Gloria runzelte die Augenbrauen und machte sich dann daran, das ganze Zimmer zu durchsuchen, um nachzusehen, ob der gute Mann seine Päckchen nicht womöglich am falschen Ort abgelegt hatte.

Aber nein, es gab wirklich nichts.

Nichts.

»Was ist los, Gloria?«

Dieser Satz kam von der Tür.

Es waren die drei Kinder der Balmours, die ebenfalls heruntergekommen waren, um ihre Überraschungen auszupacken.

Doch auch für sie hatte der Weihnachtsmann nichts hinterlassen.

»Ich habe es schon befürchtet, liebe Mama«, schluchzte Zoé schließlich, »ich muss eine garstige Göre sein, ohne dass ich mir dessen bewusst wäre. So ist es wohl! Und jetzt bekomme ich, was ich verdiene. Nichts!«

»Nein, meine Kleine, so warte doch, es muss sich um einen Irrtum handeln ...«

Doch Zoé floh aufgelöst in ihr Zimmer. Gloria blieb bestürzt zurück. Auch Katherine, Emily und Robert brachen in Tränen und Schluchzen aus.

Und diese Nachbarn ließen es noch immer hemmungslos krachen!

Gloria ging erneut auf die Straße hinaus mit der festen Absicht, ihnen mal zu zeigen, aus welchem Holz sie geschnitzt war.

Doch trotz der frühen Stunde war sie nicht die Einzige auf dem Bürgersteig von Collins Square.

»Sie auch?«

»Wie das? Sie auch nicht?«

»Meine Kinder, nichts!«

»Meine Tochter, Nägel, wenn ich es Ihnen sage!«

»Dabei sind es Engel ... Man könnte gar nicht braver sein ...«

»Was ist denn nur geschehen?«

Und so weiter. Die Bediensteten unterstrichen ihre Fassungslosigkeit mit wilden Gesten und rannten von einem zum anderen, um ihre Betrübnis zu teilen.

Der Weihnachtsmann war zu niemandem gekommen in dieser Nacht.

Schon bald bestätigten Nachrichten aus den entferntesten Vierteln Londons, dass kein einziges Kind im Land eine Belohnung bekommen hatte. Womöglich sogar kein einziges Kind auf Erden!

Und dann fiel er, der Satz, brutal, empörend und einfach undenkbar: Der Weihnachtsmann war tot. Ermordet? Gloria war sich ganz sicher, dass sie im gleichen Augenblick, in dem ihr dieses schreckliche Gerücht zum ersten Mal zu Ohren kam, aus der Richtung des Hauses von Baron Ahriman einen Champagnerkorken knallen hörte.

Eine Stimme hinter ihr sagte: »Auf der 6b sind sie in Feierlaune. Vielleicht sind sie die Einzigen, die Geschenke vom Weihnachtsmann bekommen haben?«

Allein schon die Vorstellung entrüstete die Gouvernante der Balmours. Dieser düstere Baron und seine ganze Bande sollten belohnt worden sein und ihre sanfte und freundliche Zoé nicht?

»Verflixt und zugenäht!«

Das war der Tropfen, der das Fass zum Überlaufen brachte.

Sie beschloss, auf eigene Faust mehr herauszufinden. Und zwar schnell!

Kapitel 8

In dem unzweifelhaft bewiesen wird, dass Gott am Tag, als er die Frau erschuf, zuerst einmal eine ausgezeichnete Idee hatte und anschließend dann bewies, dass er viel Geschmack besaß (aber in Wahrheit hatte man ja auch nichts anderes von ihm erwartet)

Am gleichen Tag noch, gegen Mittag, klopfte Gloria unter so großen Vorsichtsmaßnahmen, wie man sie gar nicht von ihr kannte, leise am Dienstboteneingang von Collins Square Nummer 2 an.

Der Butler Garrett, seit fünfzehn Jahren im Dienste von Sir und Lady Lipka, öffnete und zog vor Verblüffung seine Augenbrauen zusammen, die so buschig waren wie Rasierpinsel aus Dachshaar.

»Madam Gloria? Was verschafft uns diese …«

Doch Gloria hatte schon einen Finger auf die Lippen gelegt, um ihn zum Schweigen zu bringen, und flüsterte mit geheimnisvoller Stimme: »Garrett, tun Sie so, als sei ich nicht da. Sie haben mich nicht gesehen. Wir haben nicht miteinander gesprochen. Sie haben mich nie hereingelassen.«

Daraufhin stieß sie ihn mit dem Ellbogen beiseite und marschierte ins Haus. Ohne sich umzudrehen setzte sie ihren Weg durch die Wirtschaftsräume fort und stieg die Dienstbotentreppe hinauf, die zu den Kammern der Angestellten unter dem Dach führte. Am Ende des Gangs klopfte sie wieder an eine Tür, doch als sie nicht sogleich eine Antwort erhielt, versetzte sie ihr einen Faustschlag, der die Leibung der Tür erbeben ließ.

»Schon gut, schon gut«, antwortete hastig eine leise Stimme.

Eine junge Frau öffnete. Es war Claire, das Dienstmädchen von Lady Lipka. Sie riss die Augen auf, als sie Gloria erblickte.

»Was ist, hast du geschlafen?«, fragte diese mit vorwurfsvollem Ton.

»Oh nein, Madam Gloria! Ich habe gerade eine Näharbeit für meine Herrin fertig gemacht. Dazu hatte ich Angst, dass sie es wäre, die schon ungeduldig wird.«

»Und warum Angst, meine Kleine? Behandelt dich Lady Lipka etwa nicht so, wie es sich gehört?«

»Doch, doch, Madam.«

»Bestimmt? Verheimliche mir nichts, Claire, ich hasse es, wenn man mich anlügt.«

Sie senkte ein wenig die Stimme und fügte hinzu: »Ich persönlich schätze diese Lady nicht besonders. Sie redet zu laut, gibt unüberlegte Ratschläge, erzählt das Gegenteil von dem, was sie tut, und macht das Gegenteil von dem, was sie verspricht. Sie ist eine dumme Gans. Eine Lady, aber trotzdem eine dumme Gans. Das kommt heutzutage recht häufig vor in London.«

Claire lächelte.

Die Gouvernante aus Nummer 6 sah sich nach allen Seiten um. Claires Zimmer war eine Mansarde. Ein Strohlager, auf dem ein mit Kleiestreu gefüllter Sack lag, ein zum Schreibpult umfunktionierter Holztisch, ein Hocker, mit einer so gut wie abgebrannten Kerze, und ein Schrank ohne Tür bildeten die gesamte Einrichtung, über die das Mädchen verfügte. Der Schrank offenbarte ihre extreme Armut: Man sah darin nichts weiter als ein Paar Winterschuhe, einen geflickten Kapuzenmantel und ein dunkles Kleid für die Sonntagsmesse. Sonst kein einziger Fetzen zum Anziehen.

Auf dem Bett lag die Spitzenbluse von Lady Lipka, die Claire gerade ausgebessert hatte, als Gloria auftauchte.

»So, lässt du mich jetzt bitte einen Blick durch deine Dachluke werfen?«, fuhr Gloria fort.

Claire trat einen Schritt zurück, um sie vorbeizulassen. Die Frau ging näher heran.

Gloria gab Claire die gleichen Anweisungen wie zuvor dem Butler Garrett.

»Tu so, als wäre ich nicht da. Du hast mich nicht gesehen. Wir haben nicht miteinander gesprochen. Du hast mich nie hereingelassen.«

Ein zögerndes Kopfnicken des jungen Dienstmädchens genügte ihr als Antwort.

Gloria öffnete das Fenster. Sie holte ein Fernrohr aus der Tasche ihres schwarzen Kleids hervor (sie hatte beim Tod ihres Mannes geschworen, hinfort immer Trauer zu tragen). Ein Piratenfernrohr. Es war das Weihnachtsgeschenk, das Robert Balmour, der Sohn der Familie, im vergangenen Jahr bekommen hatte.

»Genau das habe ich mir gedacht!«, rief sie aus, nachdem sie ihren Kopf durch die Öffnung gesteckt hatte. In dieser erhöhten Position bot sich ihr ein perfekter Blick von oben auf die andere Seite des Platzes mit dem Anwesen von Baron Ahriman. Gloria zog ihr Fernrohr aus und begann die Fassade und die Fenster von Nummer 6b zu inspizieren, wobei sie ein wenig zurücktrat, damit die Passanten sie nicht sehen konnten.

»Diese dubiosen Gestalten, die die ganze Nacht Gott weiß was gefeiert haben«, sagte sie, »haben alle Fensterläden und Fenster offen gelassen. Sie waren wohl zu gut ›abgefüllt‹, um heute Morgen daran zu denken, sie zu schließen. Das dürfte das erste Mal seit ihrer Ankunft sein, glaube ich. Das werde ich mir zunutze machen und ein bisschen ausspionieren, mit wem wir es da zu tun haben und wie sie eigentlich hausen. Bei diesen Nachbarn habe ich kein gutes Gefühl.«

Die Fassade der Nummer 6b war vollkommen identisch mit der von Nummer 6. Wie wir bereits ausgeführt haben, waren die Häuser zusammen vom selben Architekten erbaut worden und hatten früher einer einzigen Familie gehört.

Durch die verschiedenen Fenster erkannte Gloria deutlich die leeren Champagnerflaschen, die mit Konfetti bedeckten Böden, die geplünderten Reste des Buffets. Das typische Chaos nach einem Bankett.

»So eine Prasserei ist eine Schande für den Collins Square«, schimpfte sie. »Wenigstens müsste ich mit etwas Zeit herausfinden können, wie viele eigentlich da drüben zusammengepfercht sind.«

Doch die Zimmer im Gesichtsfeld des Fernrohrs

schienen verlassen zu sein; im ganzen Haus herrschte eine außergewöhnliche Stille.

»Verzeihung, aber Sie vergeuden Ihre Zeit, Madam Gloria.«

Von Claires Bemerkung überrascht drehte die Frau sich um.

Sie sah, wie das Mädchen sich wieder aufrichtete, nachdem es gerade einen Pappkarton unter dem Bett hervorgeholt hatte. Es öffnete ihn und zog ein dickes Heft daraus hervor.

»Ich habe alles darin aufgeschrieben«, sagte es. »Ich überwache Tag für Tag, Nacht für Nacht alles, was in der Residenz des Barons vor sich geht, und alles Auffällige. Es gibt kein Vorkommnis, das ich nicht in meinem Bericht aufgezeichnet hätte.«

Nun war es an Gloria, sie verdutzt anzustarren.

»Wirklich? Was ist denn in dich gefahren, dass du dich auf ein solches Unterfangen einlässt?«

»Keine Ahnung. Es muss wohl eine Intuition sein. Eines Abends hatte ich völlig unvermittelt das dringende Bedürfnis, den Baron und seine Gäste um jeden Preis zu beobachten, und dieser Drang hat mich nie mehr verlassen. Ich überwache das Haus auf 6b!«

Gloria nickte, um wortlos zum Ausdruck zu bringen, dass sie verstand, welche Intuition das junge Mädchen antrieb. Sie fuhr fort: »Zeig uns, was du da hast, meine Kleine.«

Das von Claire gesammelte Material war wirklich so umfassend, wie sie behauptet hatte. Da fehlte wirklich nichts.

Das Bild, das Gloria sich von den Nachbarn der Balmours machte, erfuhr mit einem Schlag eine gründliche Korrektur.

»Was man sich über sie erzählt, ist noch nicht alles«, erklärte Claire. »Man sieht vielleicht das Kommen und Gehen nicht offen rund um das Haus, aber es findet trotzdem statt. Man muss sie nur im richtigen Moment erwischen.«

Und Gloria machte die Entdeckung, dass das Haus auf 6b nicht im Geringsten einer Festung ähnelte, deren Bewohner sich verschanzten. Manche davon verließen den Ort meist spät nachts in aller Heimlichkeit. Sie entschwanden über die Dächer oder durch den Dienstboteneingang, nachdem sie sich zuvor vergewissert hatten, dass der Collins Square menschenleer war. Alle verbargen sich unter weiten schwarzen Mänteln. Sie schlichen an den dunklen Schatten der Fassaden entlang bis sie ganz in London verschwanden, sich auflösten wie Gespenster.

»Bist du sicher, dass sie nicht bemerkt haben, dass du sie überwachst?«, fragt Gloria Claire.

»Ja, Madam. Ich habe genau aufgepasst.«

»Wie viele sind heute wohl da, was würdest du sagen?«

»Ich schätze, es sind heute einundzwanzig Bewohner in dem Anwesen.«

Gloria nickte. Das waren eine Menge Leute.

In dem ausführlichen Bericht des Mädchens waren auch die Ankunftszeiten der großen Kutsche mit den sechs Pferden vermerkt, die sich ja – nach Neds Schilderungen – wie Wasserdampf auflöste, sobald sie in den Tunnel von Heathson eingefahren war.

Claire erklärte: »Nach einiger Zeit ist mir aufgefallen, dass jedes Mal, wenn das Gespann kommt, zwei oder drei Stunden vorher dicker schwarzer Qualm aus dem Hauptkamin des Barons aufsteigt. Nicht für sehr lange.«

»Das ist vielleicht nur ein Zufall«, meinte Gloria. »Die Leute haben das Recht zu heizen. Wenn einem eine Merkwürdigkeit nach der anderen begegnet, will man am Ende überall etwas entdecken.«

»Ja, nur dass es in diesem Fall wirklich *Merkwürdigkeiten* gibt, Madam Gloria.«

Die Frau runzelte die Stirn. Ihre roten Haare passten eben perfekt zu ihrem Charakter; sie schien jederzeit bereit, sich zu echauffieren!

»Ich höre.«

»Der schwarze Qualm zieht immer nach Norden. Egal, woher der Wind weht. Ich schwöre Ihnen, Madam Gloria, dass ich auf der Stelle sterben will, wenn ich nicht mit eigenen Augen gesehen habe, wie dieser Rauch hartnäckig gegen die Windrichtung davongezogen ist. Ein Wunder! Und kurz darauf taucht dann unweigerlich die Karosse am Collins Square auf.«

Gloria kratzte sich mit nachdenklicher Miene an der Stirn.

»Sprich weiter«, sagte sie.

»Sie leben nachts. Die Gaslampen brennen die ganze Zeit. Kennen Sie diese Vampirgeschichten, Madam Gloria? Über diese Geschöpfe, die erst nach Einbruch der Nacht lebendig werden und in ihre Särge zurückkehren, sobald sich die ersten Sonnenstrahlen zeigen?«

Gloria zuckte mit den Schultern.

»Du leidest an Schlafmangel, meine Kleine! Vampire gehören ebenso wie Feen, Engel und andere Zaubergestalten zu den albernen Geschichten aus früheren Zeiten. Das gibt es genauso wenig wie Haferbrei mit Speckschwarte. Ich bitte dich, lass deine Blutsauger da, wo sie sind, nämlich in sterbenslangweiligen Märchenbüchern. Zum anderen sind sie dafür bekannt, dass sie sich ernähren, indem sie die Lebenden beißen; keine sehr diskrete Art der Verpflegung. Hast du die geringsten Klagen dieser Art im Viertel gehört? Wurden unsere Nachbarn angeknabbert wie Hühnerfleisch? Kennst du jemanden, der mit den Abdrücken von zwei Zähnen im Hals spazieren geht? Nein? Siehst du, es gibt also keine Vampire am Collins Square. Was hast du sonst noch?«

Claire zwang sich zu einem zustimmenden Nicken.

»An zwei Tagen gab es außergewöhnlichen Aufruhr im Haus des Barons zu verzeichnen: am 1. Dezember und am 6. Dezember.«

»Nein, so was!«

»Ja, Madam. Der erste Tag war der, an dem über den Luftweg die Karte vom Weihnachtsmann an die Kinder ankam, der zweite der, an dem er die Antworten eingesammelt hat.«

Gloria verharrte einen Augenblick in Schweigen.

»Und seit dem 6. Dezember«, fragte sie, »hat sich nichts mehr gerührt?«

»Doch. Vor zwei Tagen.«

»Was ist passiert?«

»Die Kutsche traf still und leise nachts vor Nummer

6b ein, die Pferde gingen im Schritt, und der Baron höchstpersönlich kam auf die Vortreppe, um seine Gäste zu begrüßen!«

»Wer waren seine Gäste?«

»Zwei hochgewachsene Männer, die einen Koffer transportierten. Der Baron schien entzückt über ihr Eintreffen. Danach herrschte vollkommene Stille. Sogar in der Nacht. Keine Beleuchtung. Bis gestern … Bis zu dem verrückten großen Fest … und dem Verschwinden des Weihnachtsmanns heute Morgen.«

Gloria antwortete nicht. Sie dachte nach.

»Glauben Sie, dass das wahr ist, was man sich erzählt?«, fragte Claire. »Dass der Weihnachtsmann …«

»Nein«, schnitt ihr Gloria das Wort ab, bevor Claire sagen konnte *ermordet wurde.* »Ich glaube gar nichts diesbezüglich. Und wenn ich darüber nachdächte, dann würde ich mir Theorien aus den Fingern saugen wie alle anderen, denn ich habe ja nichts Konkretes in der Hand. Aber das wird sich ändern!«

Sie wandte sich wieder dem Fenster zu.

»Was wollen Sie tun, Madam? Vielleicht die Polizei verständigen? Oder Lord Balmour? Er genießt großes Ansehen im Parlament, er könnte sicher eine Untersuchung einleiten und den Baron verhaften lassen?«

»Lord Balmour? Was denn sonst noch alles? Du willst nicht zufällig, dass ich am Buckingham-Palast klingle und die Königin in Alarm versetze? Beruhige dich. Gloria Pickwick wird sich des Barons Ahriman annehmen. Das ist so viel wert wie ganz Scotland Yard. Und wenn er irgendetwas mit dem Verschwinden des Weihnachtsmanns zu tun hat, wenn er auch nur im

Geringsten für die Tränen verantwortlich ist, die meine kleine Zoé heute Morgen vergossen hat, dann wird er es mit mir zu tun bekommen, der Herr Baron!«

Claire strahlte übers ganze Gesicht; sie wäre kaum mehr erleichtert gewesen, wenn Herkules persönlich erschienen wäre, um ihr zu sagen, dass er diese dreizehnte Aufgabe auf sich nehmen wolle.

»Werden Sie mit ihm sprechen?«

»Nein. Ich werde erst einmal heimlich in sein Haus eindringen und ein bisschen herumstöbern. Heute war noch nichts los?«

»Nichts seit Tagesanbruch. Wie gewöhnlich.«

»Gut. Dann kann ich vielleicht ...«

»Vielleicht was?«

»Den Koffer finden!«

Kapitel 9

In dem Gloria das Geheimnis von Baron Ahriman lüftet

Gloria kehrte wieder heim zu den Balmours. Im Wohnzimmer kauerten die Kinder zusammen mit Zoé am Kamin und klagten im Chor über das gebrochene Versprechen des Weihnachtsmanns. Der junge Robert hatte sogar dringend darum gebeten, den Schmuck am Tannenbaum auf der Stelle zu entfernen. Doch seine Mutter hatte das abgelehnt. Zoé, Katherine und Emily wiederum hatten sich entschlossen, gemeinsam einen neuen Brief an den Abwesenden zu verfassen, um sich nach seiner Gesundheit zu erkundigen und ihm eine schnelle Genesung zu wünschen. Sie alle hatten das Gerücht gehört, dass der Weihnachtsmann kein einziges Haus im Land besucht habe.

Lord Balmour las die Zeitungen. Die englischen Tagesblätter schlugen ausgiebig Profit aus dem Ereignis, und die Mehrheit der Artikel feierte das Ende dieser Posse. Niemand hatte erklären können, was genau im vergangenen Jahr geschehen war, doch das diesjährige Scheitern bestätigte all die Konformisten und Vernunftmenschen in ihrer Ansicht, die damals schon die Redaktionssäle bevölkert hatten.

»Da sehen Sie es«, sagte Davy Balmour zu seiner Frau. »Es war eben doch albernes Zeug. Es hat einmal funktioniert, aber nicht zweimal! Ich habe es Ihnen ja gesagt!«

Meredith Balmour warf ihm einen giftigen Blick zu und bedeutete ihm, er solle leiser sprechen.

»Wollen Sie wohl schweigen?«, flüsterte sie. »Weshalb müssen Sie immer die Träume der Kinder zerstören? Das ist wirklich typisch Mann, jawohl. Ich kann das nicht gutheißen. Sie sollten lieber betrübt sein über das, was Ihren Kindern widerfährt, anstatt sich aufzuplustern, weil Sie angeblich recht gehabt haben. Wenn es den Weihnachtsmann nicht mehr gibt, so ist das eine schlimme Nachricht für Ihre Töchter und Ihren Sohn und damit auch für Sie, hochwohlgeborener Lord Balmour!«

Lady Balmour tadelte ihren Mann nur sehr, sehr selten, daher senkte dieser angesichts dieses unerbittlichen Angriffs reumütig den Kopf.

»Bleiben Sie lieber bei Ihren Börsennachrichten!«, sagte die Frau.

»Oh! Was das angeht, da gibt es keine Überraschungen. Der Weihnachtsmann mag mit seinem Schlitten den Uhrenturm von Westminster gerammt haben, meine Aktien und Schatzbriefe sind so sicher, dass sie das auch nicht im Geringsten erschüttern kann.«

Schließlich warf er dennoch einen Blick in die Wirtschaftsrubriken. Er seufzte erleichtert. Gottlob hatte sich an dieser Front nichts getan.

»Gut«, dachte Gloria, als sie die anderen so sah, »sie sind alle beschäftigt.«

Sogleich verschwand sie und stieg auf den Dachboden. Alle Verbindungstüren, die früher von Nummer 6 zu Nummer 6b geführt hatten, waren vor dem Einzug der Balmours auf der einen und der Chubblewigs auf der anderen Seite zugemauert worden. In den unteren Stockwerken waren die Stellen, an denen diese Übergänge sich befunden hatten, noch zu erkennen. Auf dem Dachboden hingegen war über die gesamte Länge eine Mauer aus dicken Ziegelsteinen errichtet worden, die nun den früher wohl riesigen Raum teilte. Gloria wusste, dass sie hier auch nicht den winzigsten Durchgang finden würde. Daher wandte sie sich dem einzigen Fenster im Raum zu. Sie öffnete es und schlüpfte hinaus. Unterhalb der Dachschräge befand sich ein sehr schmaler Laufgang, der an den Regenrinnen entlangführte. Die Frau setzte sicher einen Fuß darauf auf. Sie fürchtete sich vor Schwindelanfällen ebenso wenig wie vor der Dunkelheit oder vor Vampir- und Werwolfgeschichten. Tatsächlich hatte Gloria Pickwick vor nichts und niemandem Angst. Zusammen mit der Tatsache, dass sie es immer eilig hatte, war das der zweite typische Charakterzug ihrer Persönlichkeit.

Gloria hatte einen direkten Blick darauf, wie die junge Claire auf der gegenüberliegenden Seite vom Collins Square am Fenster ihrer Kammer stand. Das Dienstmädchen hielt den Atem an, als es sah, wie die kleine Frau sich in luftiger Höhe über dem Boden hielt. Mit den roten Haaren und ihrer Witwentracht ähnelte sie einer brennenden Kerze in einem Tintenglas!

Sie hatten alles genau abgesprochen: Claire besaß zwei Taschentücher, ein weißes und ein rotes. Wenn sie das erste zeigte, hatte Gloria freie Bahn, wenn sie das zweite schwenkte, musste die Einbrecherin unverzüglich kehrtmachen.

Auf dem Mauersims lagen Schnee und Eis, der Laufgang konnte sich allzu leicht als tödliche Gefahr erweisen.

Doch Gloria schritt unbeeindruckt voran, sie ging wie gewöhnlich ihres Weges. Um die Grenze zwischen den Nummern 6 und 6b zu markieren, hatte man nur drei Querstangen gemauert. Genau wie schon von ihr vermutet, hatte der Rost dort sein Werk getan, sodass wenige Schläge genügten, um die Gitterstäbe zu verbiegen und aus der Verankerung zu lösen.

Gloria machte den ersten Schritt auf das Territorium der Nummer 6b.

Sie blickte durch das Fenster in den anderen Dachboden hinein. Er war leer. Sie musste sich nur irgendwie Zutritt verschaffen. Zuerst dachte sie daran, eine Scheibe einzuschlagen, dann aber erinnerte sie sich an gewisse Tricks ihres verstorbenen Ehemanns Newton, seines Zeichens Schornsteinfeger und Schornsteinfegermeister. Mit einer Sicherheitsnadel und einem Stück Draht hebelte sie das Fenster auf.

Bevor Gloria eindrang, blickte sie zu Claire hinüber. Diese gewann allmählich ihre Fassung wieder, nachdem sie starr vor Staunen dagestanden hatte, und zog das Fernrohr aus, das ihr die Gouvernante der Balmours zurückgelassen hatte. Sie musterte eingehend alle geöffneten Fenster in den oberen Etagen und wedelte dann mit ihrem weißen Taschentuch.

Auf dem Dachboden herrschte ein eigenartiger Geruch, nicht so sehr nach abgestandener Luft als vielmehr nach … *Tod.* Ein dumpfer Gestank nach Leichen, vergessenem Wild oder seit langer Zeit verfaultem Fleisch. Der Boden war von einer unberührten Staubschicht bedeckt.

»Wenigstens kommen sie nie hierherauf«, sagte sich Gloria, während sie an den Baron und seine Gäste dachte, und an das Fehlen von Fußspuren.

Alles war wie bei den Balmours, nur genau andersrum. Die Tür zum Dachboden hinaus, die halsbrecherische kleine Stiege, die in die Wirtschaftsräume hinabführte, schienen identisch zu sein, aber spiegelverkehrt …

Auch unten war kein Geräusch zu hören, kein Möbelstück, kein Fußabdruck auf dem Staubteppich zu sehen. Gloria ging am Äquivalent ihres und Zoés Zimmer vorbei. Die Türen standen offen. Die Zimmer waren leer.

Die Gouvernante fühlte sich, als würde sie das Haus ihrer Dienstherren besichtigen, aber so wie es Jahrzehnte später aussehen mochte, nachdem alles, was ihr Leben, ihre Geschichte und ihre Zeit ausmachte, daraus entfernt worden war. Sie fühlte sich wie ein Gespenst, das lange nach seinem Tod zu den Trümmern seines Lebens zurückkehrt. Ein irritierendes und unangenehmes Gefühl. Gloria begann zu schaudern, und das widerfuhr ihr nur höchst selten.

Am Ende des Gangs befand sich eine runde Dachluke. Sie öffnete sie, um sich Claire zu zeigen. Die bedeutete ihr mit dem Taschentuch, dass sie ihren Rundgang fortsetzen konnte.

Nun war es an der Zeit, in die eigentlichen Gemächer des Barons vorzudringen. Gloria seufzte und legte die Hand auf die Klinke der Tür zu dem Stockwerk, auf dem bei den Balmours die Schlafräume des Lords und seiner Frau, sowie das Büro des Hausherren lagen. Die Türangeln quietschten fürchterlich und Fetzen von Spinnweben zerrissen in der Leibung. Dieser Zugang war seit undenklichen Zeiten nicht mehr benutzt worden.

Unsere Freundin steckte vorsichtig den Kopf hinein. Nichts. Niemand.

Wie konnte man nur in so vielen leeren und dermaßen dick mit Staub überzogenen Räumen leben? Die Wohnräume standen dem Dachboden in nichts nach. Kein Möbelstück, keine Dekoration machten die einst von den Chubblewigs aufgegebene Behausung wohnlicher. Und dennoch waren Ahriman und seine Sippschaft doch eindeutig schon vor dem Sommer hier eingezogen!

Der erste wirklich verblüffte Aufschrei entwich Glorias Kehle, als sie den großen Salon betrat. Nicht nur, dass er genauso gottverlassen war wie der Rest des Anwesens, überdies war von dem Festmahl und dem Radau der vergangenen Nacht nicht mehr die geringste Spur zu entdecken! Die Tische, die umgeworfenen Flaschen, die geplünderten Anrichten … alles war verschwunden!

Dabei hatte Gloria sie doch mit ihrem Fernrohr von Claires Zimmer aus genau gesehen!

Ein Gefühl der Beunruhigung beschlich die Gouvernante: »Sie sind weg! Auf die eine oder andere Weise haben Ahriman und seine Bande das Haus verlassen … Vielleicht sehen wir sie nie wieder?«

Gloria ging von einem Raum zum anderen. Vom Keller bis zum Speicher entdeckte sie weder das geringste Lebenszeichen noch irgendeine Spur menschlichen Lebens. Auf dem Boden fand sie stets nur ihre eigenen Spuren im Staub.

»Das ist unmöglich! Ich habe doch …«

Sie war von ihren Entdeckungen aber so verstört, dass sie ihren Satz nicht vollenden konnte.

Wieder stieg sie zum Dachboden hinauf. In jedem Stockwerk stieß sie nun ein weithin hallendes: »Ist da jemand?« aus, das im Übrigen die ganze Zeit über unbeantwortet blieb.

Zumindest beinahe.

Tick, tick, tick.

Tack, tack, tack.

Tock, tock, tock.

Gloria erstarrte. Das waren die ersten Laute seit ihrem Eindringen hier. Auch Claire auf der anderen Seite von Collins Square waren der Schreck und die sonderbare Erstarrung, in die Gloria versunken war, nicht entgangen.

Tick, tick, tick.

Die hartnäckigen Geräusche schienen ihren Ursprung zugleich nirgendwo und hinter allen Mauern zu haben. Gloria drehte sich immer wieder um die eigene Achse und spitzte dabei angestrengt die Ohren.

Tack, tack, tack.

Sie folgte ihrem Gehör schließlich Schritt für Schritt in die Bibliothek.

In dem geräumigen Saal befand sich kein einziges Möbel, die Bücherregale waren leer. Es gab keine andere Tür als die, durch die Gloria eingetreten war. Dennoch waren die regelmäßigen leisen Klopfgeräusche hier deutlicher zu vernehmen als je zuvor. Die Gouvernante stellte sich vor den Bereich der Bibliothek, der dem Fenster gegenüberlag. Die Schläge kamen von dahinter, ganz sicher. Ein einziges Buch lag an dieser Stelle, hingeworfen und ebenfalls mit einer dicken Staubschicht bedeckt. Gloria griff danach. Es war *Der Engel vom westlichen Fenster* von Gustav Meyrink.

Das abgegriffene Werk öffnete sich von alleine an der Stelle, wo es am stärksten gefalzt war. Gloria las eine zufällig herausgegriffene Stelle: *Ich habe einmal irgendwo gelesen, dass an alten Dingen ein Fluch, ein Bann, ein Zauber haften könne, der den befällt, der sich solches Zeug ins Haus schleppt und sich damit abgibt. Wer weiß, wie man das anstellt, wenn man einem streunenden Pudel pfeift, der einem beim Abendspaziergang über übern Weg läuft! Man nimmt ihn aus Mitleid in seine warme Stube, und auf einmal schaut der Teufel aus dem schwarzen Fell hervor.*

Tock, tock, tock.

Gloria schauderte.

Sie, die einen sicheren Instinkt besaß und sich immer darauf verlassen konnte, beschloss, besser den Rückzug anzutreten und das Rätsel dieser Klopfgeräusche ungelöst zu lassen.

»Das muss eine Falle sein«, sagte sie sich. »Irgendetwas in diesem Haus ist nicht so, wie es sein sollte …«

Sie suchte das Weite.

Zum ersten Mal in ihrem Leben hatte sie wirklich Angst.

Doch als sie wieder im Flur stand, dachte sie erneut an das verdorbene Weihnachtsfest, an die Ausgelassenheit der Bewohner dieses Hauses, an die Traurigkeit ihrer Tochter Zoé … sie *spürte*, dass das alles irgendwie miteinander zusammenhing und dass es ihre Pflicht war, mehr darüber herauszubekommen.

Da entdeckte sie zu ihren Füßen eine Holzstrebe des Treppengeländers, die auf dem Boden lag. Sie hob sie auf und wog sie in der Hand: massiv und schwer. Genug, um einen Riesen damit niederzuschlagen.

Derart bewaffnet kehrte sie entschlossen in die Bibliothek zurück.

Tick, tack, tock.

Sie packte einen Pfosten des Regals und zog mit aller Kraft daran. Daraufhin setzte sich der gesamte Teil der Bibliothekswand quietschend in Bewegung, wie eine Geheimtür.

Tick, tick, tick.

Tack, tack, tack.

Tock, tock, tock.

Jetzt kam es ihr so vor, als würde jeder Schlag direkt neben ihren Ohren erfolgen. Glorias Puls beschleunigte sich.

Die Öffnung gab den Blick auf einen schmalen Zwischenraum zwischen dem Holz der Bibliothek und der Steinmauer des Nebenzimmers frei. Dieser Hohlraum bewirkte, dass die Schläge auf eine Art Resonanzboden trafen, der sie ins ganze Haus verstärkte.

Das einzige Licht, das dorthin drang, war der graue Lichtstrahl, der durch das hohe Fenster der Bibliothek direkt auf den unteren Teil eines Holzschranks fiel.

Gloria erhob mit einer Hand ihre Verteidigungswaffe und löste mit der anderen die Eisenstange, mit der die beiden Schranktüren verriegelt waren. Sie sprangen von alleine auf.

Tick, tick, tick.

Tack, tack …

Plötzlich Stille.

Gloria verengte ihre Augen und blickte suchend ins Innere. Etwas bewegte sich. Sie beugte sich vor und bemerkte eine kleine Gestalt, deren Füße durch ein dickes, um die Knöchel geknotetes Seil gefesselt waren, und dazu einen schwarzen Sack, der über den Kopf gestülpt war. Mit äußerster Vorsicht befreite Gloria Letzteren.

»Potz Blitz!«, rief sie dann.

Es war ein Kind. Ein kleiner Junge. Etwa zehn Jahre alt. Geknebelt wie ein Verbrecher. Er lag zusammengerollt mit tränennassen Wangen da, seine Augen waren selbst durch dieses so schwache Licht geblendet.

»Sind Sie gekommen, um mich zu retten, Madam?«

Kapitel 10

In dem Miesepeter gebeten werden, ihre bösen Kommentare über die etwaige Nichtexistenz von Geistern und Feen für sich zu behalten

Nachdem Gloria ihre erste Überraschung verdaut hatte, löste sie seine Fesseln und beschloss, den Gefangenen mit zu sich zu nehmen.

»Kannst du gehen?«, fragte sie ihn.

Der Junge war geschwächt, offensichtlich hatte er seit vielen Stunden nichts gegessen und getrunken. Doch er war so froh über seine Befreiung, dass er schnell den Schwung seines Alters wiederfand.

»Es wird schon gehen«, sagte er. »Machen Sie sich keine Sorgen um mich. Wir müssen schleunigst hier weg!«

Das Kind musterte die Bibliothek und stellte erleichtert fest, dass außer Gloria niemand da war.

»Hier lang«, erklärte die Frau. »Wir müssen auf den Dachboden.«

Die beiden liefen los. Gloria besaß nicht die Geistesgegenwart, einen Blick aus dem Fenster zu werfen. Dabei schwenkte Claire auf der anderen Seite des Platzes wie besessen ihr rotes Taschentuch!

Gloria war gerade neben der Treppe und legte ihre Holzwaffe dorthin zurück, wo sie sie gefunden hatte.

»Sie haben recht«, versetzte der Junge, »sie würde uns nicht das Geringste nützen, wenn man uns entdeckte.«

»Was meinst du damit?«

Doch ein Geräusch setzte ihrer Unterhaltung ein jähes Ende.

Es war ein Fensterladen, der klapperte. Gefolgt von einem zweimaligen besonders heftigen Türenknallen.

»Beeilen wir uns!«, rief das Kind in höchster Aufregung.

Doch Gloria rührte sich nicht. Im Schatten des Flurs, wo gerade ein Fenster auf unerklärliche Weise geschlossen worden war, erschienen die Silhouetten zweier dunkler Gestalten – Männer von Baron Ahriman. Dann tauchten eine dritte und eine vierte Person auf, die in gleicher Weise sichtbar wurden.

»Bleiben Sie nicht stehen!«, schrie der Junge. »Sie werden alle wieder erscheinen und uns einkreisen! Schnell nach oben! Und vor allem, bleiben Sie immer im Licht! Bleiben Sie in der Nähe der Fenster. Das Tageslicht lässt sie verschwinden und macht sie unschädlich.«

»Was erzählst du denn …«

»Später!«, rief der Junge und zerrte an Glorias Ärmel.

Tatsächlich geschah das, was er vorhergesagt hatte: In jedem Schattenfleck materialisierten sich leichenhafte Gestalten, die mit Gehröcken bekleidet waren!

Nun folgte ein aberwitziger Wettlauf: Die Spukgestalten begannen unsere Freunde zu verfolgen, und überall schlossen sich die Fenster und Fensterläden von allein, damit kein Tageslicht mehr eindringen konnte! Der kleine Junge stürzte jedes Mal hin, um sie wieder zu öffnen. Sobald eine Spukgestalt kurz davor war, Gloria an der Kehle zu packen, ließ ein Lichtstrahl sie prompt wieder verschwinden.

Woanders tauchten noch mehr von ihnen auf, sie quollen aus den Brettern des Parketts wie Zombies aus der Erde eines Friedhofs.

»Das muss ich wohl träumen«, dachte die Gouvernante der Balmours. »Ich bin mitten in einem Albtraum!«

Aber es gab kein Erwachen aus dem Traum. Inzwischen waren ihnen an die zwanzig Verfolger auf den Fersen!

Gloria öffnete eine Tür im Glauben, sie würde in ein weiteres Zimmer führen – allein, es war ein dunkler Schrank mit zwölf bösen Teufeln darin! Sie erkannte die hochnäsige Frau mit dem fahlen Teint, die ihren Früchtekorb in Empfang genommen hatte, und knallte ihr die Tür vor der Nase zu!

»In den Speicher, in den Speicher!«

Ein rundes Dachfenster ohne Gardinen, Vorhänge oder Fensterläden würde ihnen wohl das Leben retten! Es würde den Gespenstern mit seinem hellen Leuchten den Weg versperren.

Erleichtert betraten Gloria und der Junge den Dachboden. Dort befand sich ein Fenster, das nicht verdunkelt werden konnte. Hinter ihnen blickten sie die Verfolger von Baron Ahriman rachsüchtig an.

Sie mussten zusehen, wie unsere Freunde sich aus dem Fenster schwangen, um zum Collins Square Nummer 6 zurückzukehren.

***

Nun befand sich das Kind in Glorias Küche in Sicherheit.

Zoé empfing sie dort bei ihrer Rückkehr.

»Sie sind so blass, Mama! Was ist Ihnen widerfahren?«

»Nichts, meine Kleine. Nichts, das sich zu erzählen lohnt. Stimmt's, Kleiner?«

Sie warf dem Jungen einen Blick zu, der ohne Wenn und Aber besagte: »Kein Wort davon zu meiner Tochter. Ich will ihr keine Angst einjagen und ihr für den Rest ihres Lebens Albträume verschaffen!«

Nachdem sie ihr Gesicht mit kaltem Wasser besprengt hatte, versorgte sie den Jungen, damit er wieder zu Kräften käme. Der verschlang alles, was die Gouvernante ihm nur vorsetzte: Pudding, Haferbrei, kalten Braten, harte Eier, Sorbets, Schweinefleisch mit Johannisbeeren, Gelee mit Minze und Kapern. Er hielt nur inne, um einen Schluck Mandelmilch zu trinken und um ab und zu »Danke« zu sagen.

Er war blond und hatte kurz geschnittene Haare, schwarze Augen und eine Stupsnase; er trug geflickte Lumpen, grobe Holzpantinen und hatte seine Mütze in den Taschen vergraben. Gloria musste lächeln, als sie ihn sich so betrachtete: Der kleine Kerl ähnelte den Schornsteinfegerkindern, die früher für ihren verstorbenen Mann gearbeitet hatten.

Plötzlich erzitterte die Tür des Dienstboteneingangs unter heftigen Schlägen.

Gloria und der Junge blickten einander erstaunt an.

»Das sind doch nicht *sie*?«

Die Gouvernante ging vorsichtig an die Tür, dann öffnete sie sie und ließ Claire herein, die ganz außer sich war.

»Was ist denn passiert?«, rief sie. »Wer ist dieser Junge? Was haben Sie bei dem Baron gefunden? Hat man Sie entdeckt? Ich habe gesehen, wie die Fensterläden sich von selbst wieder schlossen! Ich habe Ihnen Zeichen gemacht!«

»Beruhige dich, meine Kleine. Ich werde dir alles erzählen.«

»Woher kommen Sie, Mama?« Zoé bestand auf einer Antwort.

Gloria seufzte.

»Aus dem Haus des Barons«, antwortete sie. »Ich habe dort dieses arme Kind gefunden, das in einem Schrank eingesperrt war!«

Sie ließen den Kleinen zu Ende essen, bevor sie ihn ausfragten.

»Nun also«, sagte Gloria, »jetzt erzähl mal ein wenig. Ich bin Gloria Pickwick, das hier sind meine Tochter Zoé und Claire, eine Freundin. Und wer bist du?«

»Ich heiße Harold Gui, Madam. Harold Gui.«

Claire erschauerte. Sie hatte das eindeutige Gefühl, dass sie diesen Namen kannte. Tatsächlich war es aber der Geist Esclarmonde, die Abgesandte der Fee Dora, die von ihr Besitz ergriffen hatte, die auf diese schreckliche Enthüllung reagierte.

Harold Gui …

»Vor ein paar Tagen wurde ich von den Männern, die neben Ihnen wohnen, entführt«, fuhr er fort.

»Entführt? In dem schwarzen Koffer? Du warst da drinnen?«

»Ja.«

»Aber weshalb sollte man ein armes Kind wie dich entführen?«, fragte Gloria. »Das ist doch unsinnig!«

Harold schüttelt den Kopf.

»Warum? Das ist ein bisschen kompliziert«, erklärte er. »Sie hatten mich die ganze Zeit über eingeschlossen. Ohne Ihre Hilfe wäre ich verhungert und verdurstet. Ich verdanke Ihnen mein Leben, Madam.«

»Wo hat man dich entführt?«, fragte Gloria.

»Im … im Norden. Ziemlich weit weg von hier.«

»Das ist ungeheuerlich. Wer ist dieser Baron Ahriman? Weißt du das? Kennst du deine Entführer?«

»Überhaupt nicht. Sie sind plötzlich aufgetaucht und haben sich auf mich gestürzt. Das sind ganz böse Gesellen, das kann ich Ihnen versichern. Die Schlimmsten von allen.«

Gloria schlug mit der Faust auf den Tisch.

»Du sagst es. Ich gehe jetzt auf der Stelle zur Polizei. Wir werden sie verhaften lassen! Ein Kind entführen, was sagt man denn dazu!«

Harold fuhr hoch.

»Oh nein! Das auf keinen Fall, Madam Gloria. Keine Polizei!«

»Und warum nicht? Das ist unsere einzige Chance.«

Das Kind zögerte.

»Es ist nur so ... ich habe schlechte Erinnerungen an die Behörden.«

Gloria runzelte die Stirn.

»Was? Du bist also auch ein Gauner? Gibt es etwas, das du dir vorzuwerfen hast?«

»Oh nein, das können Sie mir wirklich glauben. Ich habe weder gelogen noch gestohlen, noch gemordet. Aber trotzdem sind die Behörden ... nie sehr gerecht mit mir umgegangen. Ich will nichts mehr mit denen zu tun haben. Für mich ist das Wichtigste, London so schnell wie möglich zu verlassen. Ich muss meine Freunde suchen und in Erfahrung bringen, was mit ihnen geschehen ist.«

»Du willst fort?«, fragte Gloria besorgt. »Aber nein, du solltest besser bei uns bleiben. Oder dich bei Claire verstecken.«

»Nein, Madam, sie würden meine Anwesenheit spüren.«

Claire zuckte die Schultern.

»Ein schönes Bad, und die Sache ist erledigt!«, warf sie ein.

»Das ist nicht das, was Harold meinte«, murmelte Gloria, wobei sie an die Gespenster dachte.

Sie schwiegen eine ganze Zeit lang.

»Ich muss so schnell wie möglich nach Schottland«, meldete sich der Junge wieder zu Wort, »in die Grafschaft von Aberdeen. Ins Waisenhaus von ...«

»Du gehst überhaupt nirgends hin, solange wir diese Geschichte nicht geklärt haben.«

»Aber, Madam, diese Nacht ... Sie verstehen nicht ...«

Gloria schüttelte den Kopf samt ihrer roten Mähne. »Nein, und genau da liegt der Haken: Ich verstehe nicht, ich versteh rein gar nichts!«

Daraufhin trank sie ein großes Glas Wasser, um ihr erhitztes Gemüt zu abzukühlen.

»Hat das alles etwas mit Weihnachten zu tun?«, fragte Zoé unvermittelt dazwischen.

Harold zögerte ein wenig und sagte dann: »Ja.«

Es gab erneut eine lange Pause, in der sie schwiegen.

»Ich glaube, Sie sollten tun, was der Junge sagt«, hob Claire an. »Wir müssen ihm helfen.«

»Schottland!«, beharrte Harold. »Wissen Sie, wie ich von hier dorthin komme?«

Gloria seufzte.

»Niemand fährt nirgendwohin! Die Dinge sind bestimmt viel einfacher, als es den Anschein hat. Ein Wort zu Lord Balmour und zur Polizei, und alles kommt wieder in Ordnung!«

»Nein!!!«

Claire hatte regelrecht gebrüllt. Gloria war fassungslos.

»Aber, Claire, was ist denn mit dir los, meine Kleine?«

»Dass Sie manchmal so schwer von Begriff sind, das ist los, Madam Gloria!«

»Was ...«

Gloria wollte gerade einen ihrer wohlbekannten Wutausbrüche vom Stapel lassen, als sie ihre Worte plötzlich verschluckte und ihre Hand, die schon auf Claires Wange niedersausen wollte, innehielt: Das Mädchen sprach nicht mehr mit seiner normalen Stimme!

»Fühlst du dich nicht gut?«

Claire gab keine Antwort. Ihr Gesicht begann auf wunderbare Art zu leuchten. Gloria, Zoé und Harold wichen vor dieser seltsamen Erscheinung zurück.

Die junge Frau war von einem magischen, gleißend hellen Lichtkreis umgeben, der in die ganze Küche abstrahlte. Ihre Beine lösten sich vom Boden und dann schwebte sie in der Luft, wie eine Marienerscheinung.

»Wollen Sie mir jetzt endlich zuhören, Gloria Pickwick?«

Es war nicht mehr Claire, die da sprach. Die Stimme war tiefer und bebender wie die einer alten Frau. Aber der Tonfall war entschlossen.

Gloria verschränkte die Arme.

»Fangen Sie damit an, wer Sie sind und was Sie in meiner Küche treiben?«

»Ich heiße Esclarmonde, und ich bin gekommen, um Ihnen zu helfen. Ich war es, die Sie mit Hilfe der kleinen Claire auf Harolds Spur gebracht hat … Aber da Sie auf keinerlei guten Rat hören wollen, zwingen Sie mich jetzt, mich Ihnen zu zeigen, was mich eine Menge kostet!«

»Aber …«

»Ruhe! Sie werden diesem Jungen helfen, wie er Sie gebeten hat. Er muss seine Freunde wiederfinden, und Sie werden ihm bei dieser Aufgabe zur Seite stehen. Es steht sehr viel auf dem Spiel. Hat die kleine Verfolgungsjagd beim Baron Ihnen immer noch nicht die Augen geöffnet?«

Gloria schüttelte wieder den Kopf.

»Tut mir leid, aber nichts wird mich dazu bringen,

dass ich meine Tochter im Stich lasse! Jeder hat seine Prioritäten. Sie haben sich in der Person geirrt …«

»Gloria Pickwick, hören Sie denn überhaupt nicht, was man Ihnen sagt!«

Niemals seit mindestens … dreißig Jahren hatte jemand Gloria auf diese Weise abgekanzelt! Zoé und Harold machten sich ganz klein. Das Licht, das Claires Körper umgab, glich allmählich einer bedrohlichen roten Feuersbrunst.

»Mama«, murmelte Zoé, »vielleicht sollten Sie doch auf die Dame hören …«

»Aber keinesfalls!«, versetzte Gloria, nicht im Geringsten beeindruckt. »Was soll das bedeuten? Man gibt mir jetzt Befehle? Hüllt sich in einen Lichtschein und hoppla! Gloria, mach dies, Gloria mach jenes?! Tut mir leid, aber Sie können von mir aus die Verkörperung einer griechischen Göttin oder einer Hexe aus der Bretagne sein, ich tue, was mir passt, zum Besten meiner Familie.«

Esclarmonde wollte aufs Neue die Stimme erheben, doch Gloria schnitt ihr das Wort ab.

»Aber warten Sie! Angesichts der Umstände will ich mich gerne hilfsbereit zeigen. Ich werde stehenden Fußes zur Polizei gehen und meine erste Idee in die Tat umsetzen. Und wenn ich sehe, dass das zu nichts führt, dann werde ich über Ihren Vorschlag nachdenken. Wenn der Kleine unbedingt nach Schottland will, werde ich ihm natürlich sagen, wie er das anstellen muss. Aber ihn deswegen begleiten? Das will ich mir noch überlegen. Sind Sie damit einverstanden, gute Fee?«

Esclarmonde zuckte die Schultern und löste sich in Luft auf. Man hörte nur noch, wie sie zuletzt sagte: »Mein Gott, was für ein Sturkopf!«

Claire kam wieder auf den Boden zurück, legte sich langsam hin und schlief ein.

Die Küche sah wieder aus wie immer.

Gloria holte Riechsalz und Essig, um das Mädchen wieder zur Besinnung zu bringen. Es erinnerte sich an überhaupt nichts.

Daraufhin zog die Gouvernante einen weiten Mantel, eine Haube und Handschuhe an und machte sich zum Gehen bereit.

»Ich laufe zum Polizeirevier! Ihr bleibt hier und wartet auf mich. Danach werden wir eine Entscheidung treffen.«

Und sie warf die Tür ins Schloss, ohne den geringsten Kommentar abzuwarten.

Harold sah Zoé verdutzt an.

Das Mädchen hob die Schultern und sagte: »Das ist meine Mutter. So ist sie eben …«

Kapitel 11

In dem sich der Gedanke des heiligen Augustinus bestätigt, demzufolge die Dämonen so zahlreich sind, dass es ein Zeichen großer Unklugheit wäre, ihre Existenz zu leugnen …

Gloria begab sich zur nächsten Polizeiwache von Collins Square. Dort gab man ihr zu ihrer großen Verwunderung eine Nummer auf der Warteliste, und sie wurde mehr als eine Stunde hingehalten, bevor sie mit einem Beamten sprechen konnte. Sie war inmitten einer ganzen Reihe von Geschädigten und Opfern aller Art, die Klage erheben wollten.

»Das hat's noch nie gegeben!«, sagten die Bobbys, die nach ihrem Streifgang zurückkamen, um sich aufzuwärmen.

Dieses Weihnachten sollte wegen der unglaublichen Anzahl von Verstößen, Diebstählen, Schlägereien, Gefängnisausbrüchen, Morden und allen möglichen anderen Verbrechen, ob im Allgemeinen Gesetzbuch enthalten oder nicht, in die Annalen eingehen!

Aber wollte nicht auch Gloria selbst eine Kindesentführung anzeigen? Ganz zu schweigen von dieser Verfolgungsjagd, mit Angreifern, die aus Vorhängen und

Schränken auftauchten? Sie fragte sich, ob sie darüber überhaupt mit der Polizei sprechen konnte. Wenn man dann noch die verfaulten Früchte des Barons hinzunahm, seine Kutsche, die irgendwo im Tunnel verschwand, und jetzt auch noch die Kammerzofe Claire, verwandelt in einen Engel ...

»Die stecken mich ins Irrenhaus!«

Der Polizeibeamte Vauxhall, der ihr zuhörte, wirkte ungefähr so interessiert an ihrer Geschichte wie eine Katze bei der Morgentoilette. Er biss in einen Apfel, tauchte seinen Zeigefinger in ein Glas Marmelade, überprüfte das Ticken seiner Taschenuhr, glättete seinen Schnurrbart mit Hilfe eines Taschenspiegels, rückte die peinlich genau angeordneten Stifte auf dem Tisch erneut zurecht, grüßte jeden, der vor der Fensterscheibe seines Büros vorbeiging, mit einem Handzeichen und geruhte schließlich, mit einem Finger auf seine Maschine einzuhacken und sechs Worte niederzuschreiben. Das Datum, den Ort und den Namen Gloria Pickwick.

Damit war sein Bericht beendet.

»Schön«, sagte er. »Wir werden Sie auf dem Laufenden halten.«

Das war alles.

Gloria wollte ein Protestgeschrei anstimmen (Wie? Eine Kindesentführung!), doch auf ein Zeichen des Beamten hin wurde die Bürotür geöffnet, und schon drängten drei weitere Personen herein: Eine hatte Tote aus ihren Gräbern auferstehen sehen, die andere war Opfer eines Einbruchs in ihrem Bestattungsunternehmen geworden, und die dritte schrie, ein Irrer habe ihr Malteserhündchen grausam zerstückelt.

Gloria machte sich aus dem Staub, während die Rempeleien, gewürzt mit Beleidigungen und erbittertem Geschimpfe, das unseren Lesern missfallen würde, unvermindert heftig fortgesetzt wurden.

»Was ist nur los in London?«, fragte sie sich beim Verlassen der Wache. »Es ist wie ein vorgezogenes Jüngstes Gericht!«

Zurück am Collins Square war sie so in ihre apokalyptischen Ideen und Vorstellungen vertieft, dass sie mehrere ihrer Bekannten ignorierte, die sie aus der Ferne grüßten, und sich beinahe an einem Laternenpfahl den Schädel eingeschlagen hätte. Es hatte erneut zu schneien begonnen. Gloria schauderte immer wieder. Und dieser Harold? Sollte sie alles aufgeben, um ihm zu folgen?

Plötzlich aber entdeckte sie eine große schwarze Gestalt, die auf dem Gehsteig entlangging: Baron Ahriman!

Obwohl sie ihn nur ein einziges Mal bei seiner Ankunft vor Monaten gesehen hatte, war sie sicher, dass er es war. Hochgewachsen, mager, mit einem schwarzen Mantel und einer schwarzen Kapuze bekleidet. Der wandernde Schatten zeichnete sich perfekt auf dem Weiß des Schnees ab, der den Platz bedeckte.

Der Baron!

Er kam auf sie zu.

Der übrige Collins Square war menschenleer.

Gloria zog den Kopf zwischen den Schultern ein, ballte die Fäuste, schob den Oberkörper vor und ging wie eine junge Kuh auf ihn los.

Als sie sich auf etwa zehn Meter genähert hatten,

blieben sie stehen. Das Gesicht des Barons war nicht zu sehen. Das der Gouvernante war so bedrohlich wie nur möglich. Sie hatte nicht die Absicht, Harold zu erwähnen, ohne zuvor gründlich über die Situation nachgedacht zu haben, aber er sollte sie bloß nicht reizen!

»Madam Gloria Pickwick, nehme ich an?«

Seine Stimme war dunkel und rau.

»Der Herr Baron, vermute ich«, antwortete diese. Die Kapuze nickte bestätigend.

»Haben Sie mir nichts zu sagen?«, gab sich der Mann geheimnisvoll.

Gloria verschränkte die Arme.

»Nie würde ich mich erdreisten, Sie zu behelligen, Baron«, versetze sie.

Der Riese beugte sich zu ihr vor, als wolle er sie flüsternd in ein Geheimnis einweihen.

»An Dreistigkeit mangelt es Ihnen gewiss nicht, soweit ich gehört habe«, murmelte er in provozierendem Tonfall.

Die Gouvernante runzelte die Stirn.

»Ich weiß nicht, wovon Sie sprechen«, antwortete sie mit Unschuldsmiene. »Und jetzt, wenn Sie gestatten …«

Sie wollte ihren Weg fortsetzen. Doch da hob der Baron mit einem Mal den rechten Arm und versperrte ihr den Weg.

»Sie wissen nicht, mit wem Sie es zu tun haben, Pickwick!«, donnerte er.

Gloria seufzte. Diese Armbewegung brachte das Fass zum Überlaufen. Die Hitze stieg ihr in den Kopf.

»Ach ja?«, versetzte sie. »Nun, stellen Sie sich vor, das ist mir ganz egal, mein Lieber. Sie mögen Baron sein, so lange Sie wollen, ich habe schon Grafen und Herzögen die Stirn geboten, ohne dass mich das mehr berührt hätte als ein Fingerschnipsen.«

Sie zog einen Handschuh aus und schnipste mit den Fingern.

»Ich habe ein dickes Fell und einen harten Schädel!«, fügte sie hinzu. »Nehmen Sie jetzt gefälligst Ihren Arm runter, oder ich kann nicht mehr für meine gute Erziehung garantieren ...!«

Der Baron unterdrückte ein Knurren, das einer Mischung aus Lachen und Würgegeräuschen glich.

»Kommen Sie mir nicht in die Quere, Pickwick, oder Sie werden es bereuen! Ich werde Sie zermalmen!«

Der Satz wurde mit solcher Wucht geäußert, dass jeder andere als Gloria auf der Stelle geflohen wäre oder um Gnade gefleht hätte. Doch sie schleuderte ihm entgegen: »Drohungen? Wie? Wollen Sie sich etwa bei meiner Herrschaft beschweren? Meinen Ruf ruinieren? Ihre Horde von Gespenstern auf mich ansetzen? Da wünsche ich Ihnen viel Vergnügen dabei!«

Der Baron ließ seinen Arm sinken und richtete sich zu seiner vollen Statur auf. Dabei schien er noch ein paar Zentimeter zu wachsen; er erschien unwahrscheinlich groß.

»Nein, Pickwick«, knurrte er. »Wenn ich meinem Zorn mal freien Lauf lasse, dann bediene ich mich nicht mehr der Mittel, wie die Menschen sie benutzen – ich entfessele Naturgewalten, vernichte Reichtümer, ich beschwöre Krankheiten herauf, ich lasse die

Schwächsten leiden und habe den *Tod* in meinem Gefolge ...«

Gloria zuckte nicht mit den Wimpern. Und dann ... passierte, was passieren musste.

Ohne Vorwarnung sprang sie hoch und versetzte Baron Ahriman eine saftige Ohrfeige. Sein Kopf und die Kapuze flogen nach hinten.

Nie zuvor seit Menschengedenken hatte man einen solchen Donnerschlag auf Erden vernommen, einen Donnerschlag, der auf dem gesamten Planeten widerhallte, egal ob am Himmel Gewitterwolken oder strahlendes Blau zu sehen waren.

Dieser Knall pflanzte sich so laut und so weit fort, dass er sogar jenseits der Himmelssphären im Sternbild des Kleinen Pferds zu hören war, wo die Engel im Exil zusammen mit der Fee Dora residierten. Alle waren in Unruhe versetzt.

Denn der Teufel, der Fürst der Finsternis, der Rivale des Schöpfers, der Versucher Hiobs, Jesus' und Buddhas, hatte soeben eine Granatenohrfeige von einer kleinen englischen Gouvernante bekommen! Der Satan war von Mrs Pickwick zurechtgewiesen worden!

Gloria herrschte ihn an: »Es ist schändlich von Ihnen, Herr Baron, der Menschen Unglück herbeizuwünschen!«

Daraufhin ließ sie Luzifer, der in seinem Zorn erbebte, rot angelaufen vor lauter Empörung stehen.

Doch bevor sie verschwand, wandte sie sich noch einmal zu ihm um und schleuderte ihm abschließend entgegen: »Sie sind ein Rüpel!«

Und dann kehrte sie auf Collins Square Nummer 6 zurück.

***

Als sie in ihre Küche kam, fand sie dort ihre Tochter Zoé ganz alleine vor.

»Wohin sind sie gegangen?«, rief Gloria aus.

»Claire ist nach Hause gegangen, um sich zu erholen. Und dann ist Harold plötzlich davongelaufen.«

»Nach draußen? Ausgerechnet jetzt?«

Gloria lief zum Fenster, um nachzusehen, ob der Junge dem Baron auch ja nicht in die Arme lief. Doch die unheilvolle Gestalt war verschwunden, und der Platz lag verlassen da.

»Was ist denn passiert?«, fragte die Gouvernante. »Was hat er gesagt?«

»Ich weiß es nicht. Anscheinend hat er etwas oder jemanden am Fenster gesehen, und das hat ihn vom Stuhl gerissen. Er ist davongesaust wie der Blitz.«

»Aber wirkte er denn beunruhigt?«

»Nein, nein, eher froh sogar. Zu mir hat er gemeint, er käme sehr bald zurück. Das ist alles.«

Gloria kratzte sich an der Stirn.

»Hoffen wir, dass er kein unnötiges Risiko eingeht.«

In diesem Augenblick läutete es am Hauseingang der Balmours. Es war ein Telegrammbote des Postamts von Charing Cross, der ein Eiltelegramm überbrachte, das von den Verwaltern des Besitzes der Balmours in Schottland gesandt worden war.

»Worum geht es denn, Barry?«, fragte ihn Gloria.

»Leider schlechte Nachrichten …«

In der Nachricht stand, dass ein Brand das Familienschloss zerstört habe. Ein Brand, auf den sintflutartige Regenfälle gefolgt waren, die einen nahe gelegenen Bach über die Ufer hatten treten lassen; dieser hatte dann die Ländereien überschwemmt und die verkohlten Ruinen mit sich gerissen.

Diese Nachricht war ein schwerer Schlag für die Balmours. Der Stammsitz der Familie bedeutete ihnen sehr viel, der Lord war dort aufgewachsen.

»Solche Dinge passieren eben«, philosophierte Meredith Balmour.

Doch schon kurz darauf erfuhren sie aus den Abendzeitungen von einer weiteren Katastrophe: Die Aktien von Lord Balmour waren innerhalb eines Tages ins Bodenlose gefallen. Der gute Lord und seine Familie waren bankrott!

Wieder klingelte es an der Tür. Gloria öffnete und stand Auge in Auge dem zwielichtigen Notar Alois Pepper gegenüber, von zwei Gerichtsvollziehern begleitet. Sie wurden im Hause vorstellig, um dessen sofortige Versteigerung zur Deckung der im Laufe des Tages angefallenen Verluste zu verlangen! Als man das dem guten Lord im Wohnzimmer mitteilte, erlitt er einen Herzanfall und verlor das Bewusstsein.

Gloria lief in den Schnee hinaus, um Doktor Bligh zu holen. Der war mit seiner Sprechstunde fertig und wollte gerade eine heiße Dusche nehmen. Es hätte nicht viel gefehlt, und Gloria hätte ihn im Bademantel auf die Straße gezogen!

Lange horchte er Davy Balmour ab. Unglücklicherweise ließ seine Diagnose nicht den kleinsten Hoffnungsschimmer.

»Sein Zustand ist ernst«, sagte er. »Lord Balmour ist alt … Ich will kein Hehl daraus machen: Ihm bleiben leider nur noch wenige Tage!«

Meredith Balmour fiel in Ohnmacht, stürzte dabei und brach sich eine Rippe; die drei Kinder Katherine, Emily und Robert sowie Zoé erlitten noch am gleichen Abend nach dem Abendessen eine Lebensmittelvergiftung.

»Dabei waren es nur frische Sachen vom Markt von St. Perry!«, sorgte sich Gloria. »Das ist unmöglich.«

Alle Kinder gingen mit hohem Fieber zu Bett.

Binnen weniger Stunden war der Collins Square Nummer 6, der für sein Lachen und seine gute Laune berühmt war, in tiefste Verzweiflung gestürzt.

Kapitel 12

In dem Gloria endlich einen Entschluss fasst

Nach Einbruch der Nacht saß Gloria alleine in ihrem Zimmer. Verstört und verängstigt.

»Mein Gott, das Glück hängt wirklich immer nur an einem seidenen Faden!« Sie dachte an das Ableben ihres geliebten Ehemanns vor sieben Jahren. Ein Abend wie jeder andere … und dann brach alles zusammen!

Über all diesen Schicksalsschlägen hatte sie das Verschwinden des Weihnachtsmanns, Harold, die Verfolgungsjagd mit den Gespenstern, Esclarmonde, den Polizisten Vauxhall und sogar Baron Ahriman ganz vergessen.

Erst in diesem Moment ließ sie die chaotischen Ereignisse des Tages noch einmal Revue passieren und erinnerte sich an die Worte ihres Nachbarn.

Wenn ich meinem Zorn mal freien Lauf lasse, dann bediene ich mich nicht mehr der Mittel, wie die Menschen sie benutzen – ich entfessele Naturgewalten, vernichte Reichtümer, ich beschwöre Krankheiten herauf, ich lasse die Schwächsten leiden, und ich habe den Tod im Gefolge …

Im Laufe der Nacht, zwischen zwei Rundgängen zu ihrem Herren, ihrer Herrin und den Kindern, warf Gloria einen Blick aus dem Fenster auf Collins Square 6b. Beim Baron wurde wieder ein Festmahl gefeiert! Dort, wo noch am Morgen alles leer gewesen war, standen nun ausladende Anrichten und Möbel. Durch ein Fenster erblickte sie eine Gruppe magerer und bleicher Gestalten, die mit einem Lächeln zu ihr hinübersahen, aus Champagnerkelchen schlürften und scherzten. Eine von ihnen trat näher und brüllte betrunken: »Ein dickes Fell und einen harten Schädel, nicht wahr?«

Wütend riss Gloria ihr Fenster auf und schrie ihm entgegen: »Dass du mir bloß nicht auf der Straße begegnest, sonst kannst du etwas erleben!«

Sie knallte das Fenster zu.

»Blöder Kerl!«

Das Haus war erfüllt vom Weinen Meredith Balmours und vom Wehklagen der Kinder.

»Mama … Mama …«

Die Stimme ihrer geliebten kleinen Zoé rief sie herbei.

Gloria stürzte an ihr Bett.

Die Kleine war begraben unter ihren rosafarbenen Bettlaken und einem Federbett, das mit bunten Wiesenblumen und lachenden kleinen Tieren bestickt war, wie sie in den Londoner Straßen wohl eher selten zu finden waren.

Das Kind hatte Fieber, sein Gesicht war blass, es litt abwechselnd unter ständigem Frösteln und glühender Hitze. Gloria griff besorgt nach seiner Hand. Trotz der vielen verschiedenen Medikamente des Arztes wollte sich keine Besserung einstellen.

»Mama … Harold … Weihnachten …!«, stammelte Zoé.

»Beruhige dich, meine Kleine. Streng dich nicht so an. Du musst dich ausruhen.«

»Aber Harold … Harold …«

Gloria fürchtete, dass ihre Tochter kurz vor dem Delirium war. Sie wollte ihr mit einem kalten, feuchten Tuch die Stirn abwischen, aber Zoé stieß sie zurück. Sie wollte reden.

»Sie müssen mir zuhören, Mama.«

Gloria lächelte und bedeutete ihr, dass sie ganz Ohr sei.

»Alles hängt mit diesem Jungen zusammen, den Sie beim Baron gefunden haben.«

»Wie das?«

»Als Sie zur Polizeiwache gegangen sind, ist Harold mit mir in der Küche geblieben und hat es mir erzählt.«

»Ja. Was hat er denn gesagt?«

Zoé musste beinahe nach jedem Satz tief Luft holen.

»Er wurde entführt … denn er kennt den Weihnachtsmann … Der Baron hat ihn benutzt, um … um Weihnachten zu verhindern! Harold kennt den Weihnachtsmann, Mama … Er existiert wirklich, der gute Mann … und er ist in großer Gefahr!«

»Jetzt ist es so weit«, dachte Gloria, »sie ist ins Delirium gefallen. Meine arme Kleine.«

»Gut, Zoé. Ich verstehe. Schlaf jetzt. Wir sprechen morgen darüber.«

Doch Zoé riss sich erneut zusammen, damit ihre Mutter ihr zuhörte.

»Ich habe lange über das, was er mir erzählt hat, nachgedacht«, sagte sie. »Alles hängt zusammen, Mama.«

»Aber wie kann dieser Junge den Weihnachtsmann kennen? Er hat sich vielleicht über dich lustig gemacht. Wir wissen nichts über diesen Jungen.«

Das Mädchen schüttelte energisch den Kopf.

»Bevor er wegging, hat er mir etwas bewiesen ... etwas ganz sicher Wahres ...«

»Und was war das?«

»Er hat mir gesagt ...«

Zoé hustete.

»Der Brief, den ich dem Weihnachtsmann geschickt habe ... Der, in dem ich aufgeschrieben habe, welches Geschenk ich mir wünsche ...«

»Ja?«

»Niemand wusste, was ich hineingeschrieben habe ...«

»Ja. Du hast das geheim gehalten.«

»Nun ... Harold ... hat es gesagt, um mich zu trösten. Er hat gesagt, dass der Weihnachtsmann mir bestimmt diese rosarote und weiße Puppe bringen würde, die ich in einem Spielwarenladen in Mayfair gesehen habe, wenn er es schafft, ihn zu retten.«

Gloria runzelte die Stirn.

»Die Puppe aus Mayfair!«, beharrte Zoé. »Das konnte er nicht wissen! Er hat mir auch gesagt, dass ich ein sehr braves Mädchen sei, dass der Weihnachtsmann meinen Brief gelesen habe und darauf antworten würde! Verstehen Sie, Mama? Harold ... Weihnachten ... der Baron ...«

Eine Zeit lang herrschte Schweigen. Kurz vor dem Einschlafen schreckte Zoé noch einmal hoch.

»Sie müssen ihm helfen! Alles hängt zusammen. Harold will die Pläne des Barons durchkreuzen. Er braucht Sie.«

»Hat er dir gesagt, wer dieser Baron ist?«

»Er hat gesagt, der Teufel. Er hat gesagt, der Teufel. Sie müssen mit Harold fortgehen und ihm helfen. Alleine schafft er es vielleicht nicht. Wir müssen Weihnachten retten, Mama. Die Fee Esclarmonde hat recht. Wir müssen Weihnachten retten …«

Gloria drückte die Hand ihrer Tochter.

»Es kommt nicht infrage, dass ich dich im Stich lasse, meine Kleine.«

»Doch. Es muss sein. Der Baron … der Baron …«

Sie wollte noch ein paar Worte hinzufügen, doch sie sank in Schlaf.

Gloria verweilte lange völlig regungslos, betrachtete sie dabei eingehend und dachte nach.

Weihnachten? Der Weihnachtsmann? Der Teufel? Ahriman? Die Polizeiwache, in der es vor Opfern und Geschädigten nur so wimmelte? Eine mysteriöse Nacht voller Schlägereien und Schurkereien? All diese schlimmen Dinge …

Gloria kehrte in ihr Zimmer zurück.

Sollte das alles zusammenhängen?

Sie dachte zurück an das, was Claire ihr an diesem Morgen erzählt hatte. Das Kommen und Gehen auf Nummer 6b, die Ankunft des Koffers und die plötzliche Freude des Barons, das große Fest an Heiligabend, während alle Kinder der Welt zu Tode betrübt waren … War es das? War das der teuflische Plan Ahrimans?

Und dieser Harold? Wusste er genug, um einen Ausweg zu finden?

Die ganze Nacht über dachte sie intensiv nach.

Die Drohungen des Barons waren in Erfüllung gegangen: Lord Balmour lag im Sterben, das Schloss in Ruinen, die Kinder waren krank, starben womöglich noch?

Und der kleine Harold wollte seine Pläne etwa durchkreuzen?

Was konnte sie, Gloria, tun, um die Ihren zu schützen, sie hier, ganz alleine? Kann man gegen Krankheit, Börsenkräche, Brände und Überschwemmungen überhaupt etwas ausrichten?

»Nein«, sagte sie. »Außer wenn …«

Jemand klopfte an ihr Fenster. Gloria fuhr hoch und packte einen Besenstiel für den Fall, dass … doch sie entdeckte das sanfte Kindergesicht Harolds. Sie machte ihm auf. Er war nicht allein.

Zwei winzige Gefährten folgten ihm.

Zwei Zwerge!

Sie trugen Beinkleider und eine braune Weste, hatten lange, spitz zulaufende Ohren, und auf ihrem Kopf saß ein ebenso spitzer Hut. Sie waren klein und reichten bei Weitem nicht an Harolds Schultern heran. Ihre Augen hatten kein Weiß.

»Mein Gott!«, stieß Gloria hervor (aber um der Wahrheit die Ehre zu geben war das ja nun die dritte Erscheinung eines Zauberwesens an diesem Tag und sie begann sich daran zu gewöhnen).

»Sind Sie jetzt bereit, uns zu helfen?«, fragte Harold sie.

Gloria seufzte.

»Schottland.«

»Nein«, antwortete der Junge. »Programmänderung: Irland!«

Die Gouvernante schüttelte den Kopf.

»Mein Gott! In was für eine Geschichte zieht ihr mich da hinein! Sehe ich etwa aus wie eine Abenteurerin?«

Die Zwerge lachten spontan über diese Frage.

Gloria durchbohrte sie sogleich mit zornigen Blicken.

»Was gibt es denn da zu lachen? Bin ich etwa eine Witzfigur? Also bitte, dann sagt doch gleich, dass ich nicht so aussehe, als sei ich dafür geeignet! Dass ich nur zum Bügeln und Kochen tauge und nicht dazu, dem Weihnachtsmann zu Hilfe zu eilen, wenn er darauf angewiesen ist? Unglaublich, man braucht nur ein klein wenig kräftig zu sein und schon …«

»Sie haben nie etwas dergleichen gesagt, Madam Gloria«, warf Harold ein.

»Ihr Glück!«, explodierte Gloria.

Sie musterte sich von Kopf bis Fuß in dem Spiegel an einer Tür ihres Schranks. Sie betrachtete ihr schwarzes Kleid, die üppigen Formen, ihre Arme und Beine, die Säulen glichen, dazu den festen Blick und ihre feuerroten Haare.

»Aber ich bin perfekt für dieses Abenteuer geeignet!«

Daraufhin griff sie nach einem Blatt Papier und einem Stift, und schrieb einen langen Brief an ihre Herrin.

Darin legte sie die Gründe für ihren Aufbruch dar. Sie teilte ihr mit, wo sie ihre Ersparnisse finden würde, um der Familie Balmour in ihrem plötzlichen Unglück beizustehen (einen Teil davon nahm sie für die Reise an sich). Sie hinterließ außerdem einen Schlüssel und eine Adresse dazu, nämlich die des Hauses in einem Vorort von London, das sie früher mit ihrem Mann Newman bewohnt hatte und das die Balmours beziehen konnten, falls sie Collins Square verlassen mussten. Sie vertraute Meredith ihre Tochter Zoé an. »Bald bin ich wieder zurück. Ich werde Ihnen oft schreiben. Ich tue das für die ganze Welt. Vertrauen Sie mir.« Sie gestand, sie wolle mitten in der Nacht aufbrechen, um die Tränen der Trennung nicht ertragen zu müssen. »Beten Sie oft für mich …«

So schwer es ihr fiel, ihr Entschluss war gefasst. Sie schnürte ein Bündel und sagte zu Harold und den Zwergen: »Gehen wir! Je schneller wir aufbrechen, umso eher kommen wir zurück. Die Zeit arbeitet bestimmt nicht für uns. Beeilen wir uns!«

Kapitel 13

In dem es um eine im Nebel verlorene Insel geht, die den Zwergen lieb und teuer ist

Noch vor Morgengrauen erreichten sie den Londoner Bahnhof. Die Zwerge waren in einem weißen Laken versteckt, das wie ein Bündel zusammengerollt war. Gloria bezahlte für das ganze Abteil.

Sie schlossen sich darin ein. Die Gouvernante setzte sich dem Jungen gegenüber.

»Schön«, sagte sie, »und jetzt *die Karten auf den Tisch,* mein Hübscher! Ich will alles wissen. Ich habe eine kranke Tochter zurückgelassen, eine notleidende Familie und einen Herren, dem ich alles verdanke und der im Begriff ist dahinzuscheiden! Und das alles möglicherweise deshalb, weil ich dich aus einem Wandschrank bei Baron Ahriman herausgefischt habe. Ich hoffe, dir ist klar, welch großes Opfer ich gebracht habe, um dir zu helfen. Als Mutter, als Bedienstete und als Frau. Also, du Spaßvogel, erzähl mir alles. Alles.«

Harold schüttelte den Kopf und antwortete: »Nein.«

»WAS?«

Der Junge lächelte.

»Nein, Madam, ich werde Ihnen nicht alles erzählen. Sie dürfen und können nicht alles erfahren und es ist nicht …«

»Das ist ja wohl der Gipfel!«, schrie Gloria angesichts von so viel Gleichmut.

»Keinesfalls«, erwiderte der Junge. »Esclarmonde würde Ihnen erklären …«

»Pah! Lassen wir diese vorlaute Person beiseite, einverstanden? Also. Komm endlich zum Wesentlichen! Beeilung! Hast du etwas mit dieser traurigen Weihnachtsgeschichte zu tun, wie meine kleine Zoé behauptet hat?«

»Ja, Madam. Der Weihnachtsmann hat viele Helfer, die ihn bei der sorgfältigen Vorbereitung des Weihnachtsfests unterstützen. Und einer davon bin ich. Die Zwerge gehören auch dazu. Ich habe Ihre Tochter nicht angelogen.«

Harold hatte das mit frappierender Schlichtheit und Selbstverständlichkeit geäußert; hätte er im gleichen Tonfall gesagt: »Ich bin Zeitungsverkäufer oder ein kleiner Schornsteinfeger«, dann hätte es auch nicht wahrer geklungen. Aber nein, er arbeitete also für ein »Wesen«, dessen Existenz von niemandem bewiesen war und das angeblich in seinem Versteck am Nordpol lebte und sich mit fliegenden Rentieren durch die Lüfte bewegte! Als wenn es weiter nichts wäre!

»Ein paar Tage vor Weihnachten«, fuhr der Junge fort, »tauchten an dem geheimen Ort, an dem unsere Spielzeugfabrik steht, schwarz gekleidete Männer auf. Sie haben alles verwüstet und mich mitgenommen. Bis heute Nacht wusste ich nicht, wie es meinen

Freunden ergangen war. Ich wurde in einen Koffer gesperrt und nach London gebracht. Wie sie uns gefunden haben? Ich weiß es nicht. Und warum das Ganze? Das weiß ich auch nicht.«

»Hat es deswegen kein Weihnachtsfest gegeben?«

»Genau.«

»Und der Weihnachtsmann? Was ist mit ihm passiert?«

»Er … er war glücklicherweise zum Zeitpunkt des Überfalls nicht dort. Aber alleine kann er nichts mehr machen.«

Gloria machte große Augen und fuhr sich mit der Hand durch die Haare.

»Wenn das alles wahr ist, dann ist es vollkommen unglaublich!«

»Es ist wahr, Madam Gloria! Alles ist wahr. Jetzt müssen wir zuerst unser Versteck wiederaufbauen. Um Weihnachten zu retten. Vor allem müssen wir diesen Baron außer Gefecht setzen. Das ist jemand mit sehr weitreichenden Kräften. Da können die Menschen gar nichts gegen ihn ausrichten. Wir müssen uns mit anderen Fabelwesen zusammentun, um ihn zu besiegen. Ich muss unbedingt meine Freunde wiederfinden.«

»Gut. Wenn es darum geht, diesen großen schwarzen Vorhang mit seinem ganzen Staub zur Strecke zu bringen, dann kannst du auf mich zählen! Suchen wir also nach deinen Freunden! Mit wem fangen wir an?«

»Mit den anderen Zwergen, Madam.«

Gloria betrachtete die zwei kleinen Geschöpfe, die

ihre Nasen aus den Bündeln hervorstreckten. Es war das erste Mal, dass sie Zug fuhren.

»Hoffen wir, dass es nicht zu spät ist«, sagte einer von ihnen. »Alle anderen sind fortgegangen. Wir sind nur hiergeblieben, um Ahrimans Spur zu verfolgen und Harold wiederzufinden. Zwei Nächte hatten wir schon auf den Dächern am Collins Square verbracht, ohne zu entdecken, wo unser Freund gefangen gehalten wurde. Dank Ihnen, Madam, haben wir gesehen, wie er von dem einen Dachboden zum anderen hinüberstieg. Danach haben wir uns an Ihrem Küchenfenster sehen lassen. Wir stehen also tief in Ihrer Schuld, Madam!«

»Nicht der Rede wert«, entgegnete Gloria. »Kommen wir lieber zu euren Freunden zurück. Sie sind fortgegangen? Aber wohin?«

Die zwei Zwerge sahen einander verlegen an.

»Nach der Weihnachtskatastrophe haben wir alle erkannt, dass das das Ende war«, erklärten sie. »Daraufhin beschlossen die Zwerge, diese Welt zu verlassen.«

»WAS?«, schrie Gloria auf. »Die Kleinen haben sich das Leben genommen?«

»Nein, Madam Gloria«, antwortete Harold. »Sie wollen sagen, dass sie unseren Planeten verlassen haben.«

Gloria schlug sich mit der flachen Hand auf die Stirn.

»Aber natürlich, warum habe ich nur nicht gleich daran gedacht! Sie sind zum Mond geflogen – oder zum Saturn! Auch wenn ich immerhin mit beiden

Beinen auf der Erde stehe! Aber jetzt mal im Ernst – ich frage mich, wem ich je erzählen kann, was ich hier gerade erlebe, ohne dass man mich ins Irrenhaus sperrt!«

Harold lächelte traurig.

»Sie scherzen … aber wenn wir sie nicht rechtzeitig wiederfinden, ist alles vorbei! Dann hat der Baron Weihnachten endgültig zerstört …«

Die beiden Zwerge nickten bestätigend.

»Wartet! Wartet!«, grummelte Gloria. »Wie funktioniert diese Geschichte mit der Reise zum Himmel denn? Mit einem Händeklatschen wird es ja wohl nicht getan sein, nehme ich an?«

»Die Zwerge haben auf einer verlassenen Insel in Irland einen Treffpunkt, von wo man sie heimlich abholen kommt.«

»Welche Insel? Wo? Wann?«

»Die größte der Blasketinseln vor der Halbinsel Dingle«, antwortete der erste Zwerg. »Aber sie sind vielleicht schon aufgebrochen.«

»Ach so? Dann aber mal Tempo!«, rief Gloria. »Nur nicht vorschnell resignieren! Wir verlassen dieses Nest und heften uns an ihre Fersen! Lasst euch doch nicht von bloßen Vermutungen unterkriegen, meine Kleinen. Reißt euch zusammen! Reißt euch zusammen! Marsch, Marsch jetzt!«

Binnen einer Sekunde hatte sich Gloria Pickwick in die engagierteste Teilnehmerin dieses Abenteuers verwandelt. Auf der gesamten Reise, die sie bis zur Westküste Englands führte, wetterte sie ohne Unterlass über die Langsamkeit der Eisenbahner!

»Sobald wir angekommen sind«, sagte sie, »nehmen wir ein Schiff und setzen nach Irland über. Danach geht es mit dem Pferd weiter bis zu den Blasketinseln.«

Kapitel 14

In dem die Leser die Bekanntschaft eines gewissen Eliot Doe machen, seines Zeichens Autor von Märchenbüchern für Kinder

Sie brauchten fünf Tage, um den Süden Englands zu durchqueren und in den äußersten Westen des Königreichs auf die Halbinsel Cornwall zu gelangen. Dort mieden sie die Bahnhöfe von Turbo und St. Austell, den beiden großen Städten der Grafschaft. Sie wollten nicht riskieren, dass die beiden Zwerge entdeckt wurden, und beschlossen deshalb, schon in Falmouth auszusteigen, einer eher unauffälligen Kleinstadt am Meer.

Abgesehen von einem anderen kleinen Mann, der es sehr eilig hatte, waren Gloria und Harold die Einzigen auf dem verlassenen Bahnsteig.

In Falmouth komplizierten sich die Dinge für unsere Helden. Der kleine Fischerort war bislang von der rasanten Industrialisierung, die im Norden wütete, verschont geblieben. Allerdings gab es nur zwei Fährschiffe, die um diese Jahreszeit die Irische See überquerten, und alle verfügbaren Plätze für die nächsten

Überfahrten waren gerade von einem Fremden aus London aufgekauft worden.

»Ach ja? Und von wem?«, fragte Gloria.

»Ein gewisser Billy«, antwortete einer der Kapitäne.

»Billy, und weiter?«

»So hat er sich genannt. Und er hatte eine hübsche Börse voller Shillinge bei sich. Wissen Sie, zu so einem Preis bleibe ich so lange im Hafen liegen, wie er Lust und Laune hat. Billy oder ein anderer, egal.«

Bei den Fischern bekamen sie das Gleiche zu hören.

Dort war es ein Tommy oder ein Charlie oder ein Larry, der die Passagen gebucht hatte.

»Wenn Sie derzeit über das Meer wollen, dann müssen Sie weiter nach Norden hinauf«, sagte ein alter Seemann zu Gloria.

»Aber wie sieht dieser Billy, Tommy oder Charlie aus?«

»Ein ziemlich nervöser kleiner Kerl, ganz schwarz gekleidet. Ein komischer Kauz, aber er bezahlt bar und ohne lang zu feilschen. Also stellt ihm kein Mensch Fragen. Schweigen hat seinen Preis wie alles andere auch.«

»Ich verstehe …«

Sie dachte an den Mann am Bahnsteig.

Gloria wollte sich am Bahnhof nach den Abfahrtszeiten der Züge von Falmouth nach Fishguard und Pembroke erkundigen, doch sie stellte ohne große Überraschung fest, dass ein gewisser Benny bereits vorbeigekommen war und alle Abteile reserviert hatte.

»Da stimmt doch etwas nicht«, zweifelte Harold.

»Ist Ahriman uns auf die Spur gekommen? Ahnt er etwa, was wir vorhaben?«

»Das ist eine Möglichkeit. Er will uns hier festnageln. Bestimmt will er uns überfallen. Er muss immer noch nach dir suchen, Harold.«

Die Gouvernante verlor allmählich die Geduld. Jede Minute, die verstrich, kam ihr wie eine unverzeihliche Niederlage vor.

»Verflixt und zugenäht!«, schimpfte sie.

Wie der Leser bereits seit einigen Kapiteln bemerkt haben wird, erröteten Glorias Ohren nur bei den Flüchen anderer Menschen. Ihre eigenen sprachlichen Entgleisungen ließen sie vollkommen gleichgültig.

Harold und die beiden Zwerge setzten sich auf einen Stein, der von Reif bedeckt war. Jeder stützte sein Gesicht in die Hände.

»Jetzt ist es aus! Die Sache ist gelaufen. Wir sitzen in der Klemme. Es ist zu spät …«

Nun sah Gloria rot.

»Wollt ihr wohl aufstehen und mit diesem Gejammer aufhören! Was ist denn das für eine Einstellung! Man gibt sich doch nicht so leicht geschlagen, meine Kleinen! Ich jedenfalls nicht – reißt euch mal zusammen! Womit habe ich nur solche Weichlinge verdient? Steht auf, wir werden das Heft wieder in die Hand nehmen. Und zwar schneller, als ihr glaubt. Lasst uns also unseren Grips anstrengen.«

Das tat sie dann ausgiebig. Völlig unvermittelt ging sie später kurz zum Bahnhof zurück und verlangte nach einer Landkarte der Region, die sie daraufhin gründlich studierte.

»Sehen wir uns erst einmal an, wo genau wir uns befinden …«

Harold und seine einsatzbereiten Zwerge legten ihr Geschick nun vollends in die Hände der resoluten Gouvernante der Balmours. Aus heiterem Himmel machte sie einen kleinen Freudensprung.

»Bristol! Bristol!«, wiederholte sie. »Ich kenne jemanden, der in dieser Gegend wohnt, in der Nähe von Glennabott. Da, auf der Karte.«

Sie zeigte auf eine Stelle, die von den anderen Städten und Dörfern so weit entfernt war wie eine Eremitenklause in der Wüste. Ein wahrhaft gottverlassener Fleck, umgeben von Wasser.

»Das ist nicht sehr weit von hier«, mutmaßte Gloria und legte dabei zwei Finger auf die Karte.

»Und wer ist das, den Sie da kennen?«, fragte Harold.

»Ein Schriftsteller. Eliot Doe ist sein Name. Er schreibt Kindermärchen, die ziemlich bekannt sind. Ich habe Dutzende davon meiner Tochter oder den Kindern meiner Herrschaft zum Einschlafen vorgelesen. Wirklich sehr unterhaltsam. Auf jedem Buchdeckel war sein Foto abgedruckt, mit dem Hinweis, dass er alleine in Gloucestershire lebt, woraus er seine ganze Inspiration schöpfte.«

»Ein Kinderbuchautor, Gloria? Aber wie könnte der uns helfen?«, fragte der Junge ungläubig.

»Er ist sicher ein Spinner, okay, aber ich glaube zu wissen, wie er uns helfen kann.«

»Hat er ein Schiff?«, fragte ein Zwerg.

»Nein, aber er hat Gänse.«

»Gänse?«

Gloria nickte bedeutungsvoll, erklärte jedoch nichts weiter zu diesem seltsamen Rätsel.

Zu Eliot Doe fügte sie indes hinzu: »Er hat ein Märchen mit dem Titel *Die Reise des kleinen Leonard* veröffentlicht, das ist die Lieblingsgeschichte von Robert, dem Sohn der Balmours. Dieses Märchen hat mir lange Rätsel aufgegeben, es ist Zeit, dass ich mir darüber Klarheit verschaffe. Lasst uns sogleich aufbrechen und zu ihm reisen. Im Übrigen ist das ohnehin der einzige Weg, der uns in dieser Gegend bleibt, also hurtig voran!«

Da kein Karren, geschweige denn ein Zug oder ein Pferdeomnibus aufzutreiben war, kaufte Gloria als Transportmittel das alte Fahrrad eines Matrosen, der ganz überrascht war über ein so unerwartetes Geschäft.

Und so trat Gloria auf den vereisten Straßen Westenglands kräftig in die Pedale, während Harold hinten auf dem Gepäckträger saß und sich die zwei Zwerge im Korb vorne an der Lenkstange versteckten.

Wie manche unserer Leser bereits wissen, waren Harold in seiner Kindheit als Waise viele merkwürdige und zwielichtige Gestalten begegnet; Gloria wiederum hatte an der Tafel der Balmours alle Sonderlinge und skurrilen Gestalten der Londoner *Gentry* und des Adels zu Gesicht bekommen, und die Zwerge selbst waren auch nicht gerade unerfahren, was Leute mit einem seltsamen Temperament anging. Und dennoch war keiner von ihnen darauf gefasst, die Bekanntschaft eines derartigen Spinners wie Eliot Doe zu machen.

Der Mann bewohnte eine Hütte auf einem Felssporn, der senkrecht in die schäumende See abfiel, nach Süden zum Atlantik und nach Norden in die Irische See. Es hieß, dass außer Eliot Doe dort nur Muscheln leben konnten, die sich in die Felsen der Steilküste gekrallt hatten, und sehr tapfere Seeigel. Der Ort war so karg und gefährlich wie man sich nur vorstellen konnte.

Gloria musste mehrere Einheimische aus der Region nach dem Weg fragen. Bei der bloßen Erwähnung des Namens Eliot Doe bekam sie auf der Stelle folgende Kommentare zu hören:

»Ach, der Verrückte?«

»Der Übergeschnappte?«

»Der Bekloppte?«

»Der Irre?«

»Der Spinner?«

»Der Durchgeknallte?«

»Oh, der Arme …«

Manche wussten nicht, ob er noch lebte, andere bezweifelten prinzipiell, ob er überhaupt je gelebt hatte.

»Das sind nur Geschichten … Eliot Doe ist eine Figur, die erfunden wurde, um Kindern Freude zu machen!«

»Oder um ihnen Angst einzujagen.«

Kurzum, als unsere Freunde die Hütte »Sturmwind« im Nebel auftauchen sahen und den einladenden Geruch eines schönen Kaminfeuers und einer Suppe mit Speck rochen, waren sie höchst gespannt darauf, wie verrückt ihr Gastgeber wohl aussehen mochte, dem ein so eindeutiger Ruf vorauseilte.

Nun, Eliot Doe sah aus wie Mister Allerweltsmann.

***

Er war ein kleiner Mann und trug einen grobmaschigen roten Pullover über einem himmelblauen Hausmantel, der von einem Hanfseil zusammengehalten wurde. Er hatte ein rotes Halstuch mit orangefarbenem Druckmuster umgebunden und eine sehr sympathische weiße Mütze mit gelben Bommeln auf dem Kopf.

Das würde an und für sich als Beschreibung schon genügen, doch man muss noch hinzufügen, dass er außerdem verschiedenfarbige Augen und einen Wikingerschnurrbart hatte, der ihm von den Lippen bis zum Kinn herabhing, eine blaue Gefängnistätowierung auf der Stirn, die ein unverständliches kabbalistisches Zeichen darstellte, und ein chaotisches Gebiss, das offensichtlich seit undenklichen Zeiten keine Zahnbürste mehr gesehen hatte. Insbesondere zwei Eckzähne oben sahen aus wie die reinsten Reißzähne. Er war eben ein Mister Allerweltsmann aus der Epoche der Piraten oder der mittelalterlichen Ritter.

Immerhin wurde dieser auf den ersten Blick eher abstoßende Eindruck gemildert durch sein herzliches Lächeln, seinen sanften Blick und seine sichtlich freudige Überraschung über das Erscheinen Glorias und Harolds in seiner Behausung.

»Sind Sie Eliot Doe?«, fragte ihn Gloria.

»Das bin ich. Was kann ich für Sie tun?«

»Als Erstes können Sie uns an dieses Kaminfeuer lassen, denn es ist kalt in Ihrem Land!«

Ohne eine Antwort abzuwarten, trat die Frau ein

und stellte sich und Harold vor. Die Zwerge waren noch immer in dem Bündel versteckt.

Gloria musterte die Einrichtung des Dichters, und was sie sah, gefiel ihr: Alles war voll mit Büchern, Zeichnungen, seltsamen Holzmodellen, Heldenfiguren und Fläschchen mit farbigen Substanzen. Es sah beinahe aus wie in einer Zaubererhöhle.

»Haben Sie sich in der Gegend verirrt, meine Freunde?«, fragte Eliot.

»Mitnichten«, entgegnete Gloria unmissverständlich.

»Tatsächlich haben wir Sie gesucht«, sagte Harold.

»Wirklich?«

Der Mann zupfte an seinem Bart.

»Das ist alles andere als alltäglich«, meinte er. »Ich habe seit mehreren Wintern keinen Besuch mehr bekommen. Was verschafft mir denn die Ehre?«

Gloria musterte ihn neugierig.

»Sagen Sie mir, Sie sehen überhaupt nicht so aus wie die Fotos auf dem Einband Ihrer Bücher!«

»Ah, Sie haben sie gelesen, Madam?«

»Ja, mein Herr. Und nicht nur zu knapp. Ich muss jeden Abend vier Kinder zum Einschlafen bringen, Sie können sich die Szene vorstellen.«

»Ich verstehe. In der Tat ist nicht mein eigenes Konterfei darauf abgebildet. Mein Verleger findet, dass ich ein Gesicht zum Fürchten habe. Da ein Gesichtswechsel für mich nicht infrage kam, hat man stattdessen das Porträt ausgetauscht. Und so schmückt meine Werke heute ein schöner Unbekannter.«

Während Eliot Doe die Fragen seiner Gäste beantwortete, tat er zugleich den Gesetzen der Gastfreundschaft Genüge und bereitete eine Platte mit etwas zu essen und heiße Getränke zu.

Da keinem Autor Eitelkeit ganz fremd ist, erkundigte er sich interessiert: »Darf ich erfahren, welche meiner Märchen Sie gelesen haben? Und welche Ihnen gefallen haben?«

»Meine Güte, ich kenne Berge davon, das muss ich sagen: *Die kleinen Feen aus Kaledonien, Der Tanz der Cherubine von Tchalls, Die sprechende Quelle, Die Grotte mit dem faulen Drachen, Die würfelnde Elfe, Die Zaubergaukler, Die tote Zauberin, Woher kommst du, böser Troll?, Ein Märchen für die, die sowas nicht mögen, Die Tiere, die Griechisch sprechen, Der Schalmeienbläser, Das Getränk, das Durst macht, Das Schwein und der Pinguin, Eine schöne Vampirgeschichte, Ein Gespenst sitzt in der Tinte!, Ein Märchenheld wider Willen, Der Feuerwehrmann, der Rom rettete.*«

Eliot stieß einen Pfiff aus.

»Donnerwetter, Sie sind eine echte Expertin, wie ich sehe!«

»Ich tue, was ich kann.«

Der Schriftsteller hatte so viele Speisen auf dem Tisch angerichtet, dass man die gesamte Besatzung eines Wikingerschiffs damit hätte sättigen können. Unsere Freunde ließen sich nicht zweimal bitten.

»Und warum leben Sie so abgeschieden, Mister Doe?«, fragte Harold. »Um die notwendige Ruhe und Inspiration für das Schreiben zu finden?«

Eliot schüttelte den Kopf.

»Keineswegs! Auch ich würde gerne in London oder in einer Großstadt voller Reichtümer leben! Seht euch meine Kollegen Dickens oder Andersen an, sie müssen sich nicht ans Ende der Welt zurückziehen, um ihre Fantasie zu entfalten und schöpferisch tätig zu werden!«

»Wo liegt das Problem?«

»Sehen Sie …«, sagte er, »ich bin nicht im richtigen Jahrhundert geboren.«

Gloria erstickte beinahe, weil sie ein Stück Hühnerbrust verschluckte.

»Also wirklich, so was habe ich ja noch nie gehört! Sie sind vielleicht ein Spaßvogel, Mister Doe.«

»Ganz im Gegenteil, das ist sehr unangenehm für mich.«

»Was wollen Sie damit sagen?«, fragte Harold, weitaus ernster als die Gouvernante.

Der Autor ergriff eine lange Schaumpfeife und zündete sie mit einem Stück Glut vom Kamin an. Sie glich einem Drachenkopf, Saphirsplitter stellten die Augen dar und Bernstein deutete das Feuer an, das im Innern seiner großen Nüstern glühte.

»Um es kurz zu machen«, führte er aus, »ich bin ein Mann von vor dem Jahr tausend. In dieser Zeit sah die Welt ganz anders aus als die, die wir heute kennen. Wenn Sie die alten Texte genau studieren: Der Mensch war damals umgeben von Zauberwesen, Feen, Magiern, Waldgeistern, Sagenwesen. Überall begegnete man Druiden, Zaubertränken und Wundermitteln. Das Übernatürliche ging Hand in Hand mit dem Alltäglichen. Wenn ein Prinz zu lautstark in seinem

Schloss feierte, dann weckte er vielleicht einen Riesen auf, der in einer Höhle schlief. Und dann wurde vielleicht ein junger Held berühmt, indem er dieses Ungeheuer vernichtete und die Bewohner des Schlosses rettete!«

Gloria rümpfte die Nase.

»Aber das ist eine fürchterliche Epoche, jawohl! Voller Gewalt, Gefahren, Aberglauben, Finsternis …«

»Bestimmt. Nur war sie zugleich die Zeit des Rittertums, der Redekunst, des Höfischen, großartiger Zeremonien, unwiderruflicher Eide, der Tugend im wahren Sinn des Wortes. Nie sah sich der Mensch so direkt mit seiner Größe und seiner Bedeutungslosigkeit konfrontiert. Die Menschen lebten in dieser Zeit, glauben Sie mir! Das Leben war ein Abenteuer, das den Versuch wert war. Aber heute? Wir, wir sind zu bloßen Marionetten degradiert. Wir verewigen Traditionen, von deren Bedeutung wir keine Ahnung mehr haben, wir haben die Verbindung zu unseren Vorfahren abgeschnitten zugunsten eines lächerlichen materiellen Komforts, der niemandem zur Ehre gereicht. Nein, ich weigere mich, in dieser Welt zu leben!«

Woraufhin Eliot Doe nach einem Glas und einer Flasche Schnaps griff und sich einschenkte. Doch sobald er das Getränk an die Lippen setzen wollte, gebot ihm Gloria Einhalt.

»Oh nein!«, rief sie. »Fangen Sie nicht an, zu trinken! Es kommt nicht infrage, dass ich ein Gespräch mit jemandem fortsetze, der sich betrinkt. Ich verabscheue das. Stellen Sie dieses Glas hin, Unglückseliger!«

Der alte Mann gehorchte folgsam wie ein ausgeschimpftes Schulkind.

»So ist es besser«, beschied ihm Gloria. »Fahren Sie fort. Was machen Sie dann hier?«

Eliot zuckte die Schultern.

»Ich versuche zu begreifen, was geschehen ist. Denn wo sind sie? Wo haben sich die magischen Wesen von früher verborgen? Es scheint so, als wären diese wunderbaren Geschöpfe von einem Tag auf den anderen verschwunden! Wo leben heute die Engel, die Elfen, die Greife und die Luftgeister, die in jener vergangenen Welt alltägliche Erscheinungen waren? Der Mensch des 19. Jahrhunderts ist sich selbst überlassen, kein einziger Zaubergeist kann ihn mehr anleiten! Und so studiere ich, ich lasse meine Fantasie spielen, ich trage eine Sammlung von Texten und Gegenständen zusammen, die belegen, dass diese Geschöpfe wirklich und wahrhaftig existiert haben.«

Hingerissen von seiner eigenen Begeisterung stand Eliot auf und zeigte unseren Freunden eine Reihe von Reliquien.

Zuerst einen Ritterhelm.

»Das ist der, den Beowulf im Kampf gegen den Menschenfresser und dessen Mutter trug.«

Dann eine Lanze.

»Sie gehörte einem dänischen Prinzen, der in der alten *Edda* erwähnt wurde, und sie besaß früher gleichzeitig die Macht, zu töten und zu heilen.«

Dann einen Zahn.

»Gefunden auf dem ledernen Schild eines Ritters, der von einem Drachen besiegt wurde.«

Dann ein Tuch, das noch viel feiner als Seide war.

»Das echte Kleid eines Elfen.«

Dann ein Lilienbanner.

»Camelots Banner.«

Dann ein kleiner Strick.

»Ein Teil des Gürtels von Viviane.«

Dann ein getrockneter Mistelzweig.

»Die Druidenkrone, mit der Kevin zum Zauberer geweiht wurde.«

Schließlich ein paar menschliche Schädel.

»Sie dienten den germanischen Königen als Gefäße, aus denen sie das Blut ihrer Feinde tranken.«

Gloria schreckte zurück.

»Stellen Sie das sofort weg, Sie verderben mir sonst noch den Appetit!«, verlangte sie.

Eliot Doe lächelte.

»Alles, was ich in Erfahrung bringe, überliefere ich in meinen Märchen für Kinder. Weil kein Mensch mir glauben würde. Man hält mich ohnehin schon für einen Verrückten. Was die Erwachsenen für den Unsinn eines Märchenerzählers halten, sind einfach Wahrheiten, zu denen sie keinen Zugang mehr haben. Die Zauberwesen haben uns zwar wirklich und wahrhaftig vor tausend Jahren verlassen, aber ich bin überzeugt, dass sie eines Tages unter uns zurückkehren werden. Und dann werden einige eine Riesenüberraschung erleben!«

Der Erzähler holte ein ungeheuer dickes Zauberbuch hervor.

»Das ist das Meisterwerk meiner Sammlung. Ich weiß nicht, wann es verfasst wurde. Es ist in einer unbekannten Sprache geschrieben, und ich neige zu der

Annahme, dass es sich um ein Zauberbrevier handelt oder um ein Dokument, das diesen verschwundenen Fantasiewesen gehörte! Ich habe mich mit allen erdenklichen alten Sprachen vertraut gemacht und trotzdem kann ich nichts davon entziffern. Abgesehen vom Titel vielleicht: Für mich lautet er: Hrhtrïn Grrpl.«

In diesem Augenblick bewegte sich etwas in Glorias Bündel und eine Stimme erfüllte den Raum: »Nicht Hrhtrïn Grrpl, sondern Haraïn Grenpal!«

Eliot erstarrte.

»Verzeihung? Wer hat das gesagt?«

Harold war bleich geworden. Gloria lächelte. Die Zwerge bewegten sich in ihrem Sack. Sie stand auf und löste den Knoten, um sie herauszulassen.

»Aber!«, rief Harold beunruhigt aus.

»Hab keine Angst«, antwortete sie ihm mit leiser Stimme. »Selbst wenn er das jemandem erzählt, denkst du, man würde ihm glauben? Von dieser Seite sind wir sicher, glaub mir.«

Gloria befreite die beiden Zwerge.

»Na so was!«, rief Eliot Doe aus. »Sie verstecken also Zwerge in Ihrem Sack!«

Doch als er die zwei neuen Gestalten richtig zu Gesicht bekam, erbleichte er wie ein Sterbender.

Zwei echte Zwerge standen in seiner Hütte!

Als Spezialist für solche Dinge hatte er sie sofort an ihren spitzen Ohren, ihren seltsamen dunklen Netzhäuten und der schalkhaften Miene, die diese Wesen immer aufsetzen, erkannt.

Wie das in solchen Fällen oft passiert, verlor der alte Mann das Bewusstsein und schlug der vollen Länge nach auf dem Boden auf! Gloria Pickwick verdrehte, ganz in ihrer Art, die Augen zum Himmel ob so viel Gefühlsduselei, und Harold und seine Freunde eilten dem armen Mann zu Hilfe.

Da es ihnen nicht gelang, ihn wiederzubeleben, ergriff die Gouvernante das Glas voll Schnaps auf dem Tisch und flößte diesen in kleinen Dosen dem in Ohnmacht gefallenen Schriftsteller ein.

Der Alkohol brachte ihn wieder zur Besinnung.

»Was ist …? Wie …? Was …?

Sobald er wieder auf den Beinen war, fiel sein Blick auf die beiden Zwerge. Von Zweifel und Argwohn erfüllt näherte er sich langsam einem von ihnen und begann ihn ohne jede Vorwarnung unsanft an der Nase und den Ohren zu ziehen.

»Au! Au! Au! Sie tun mir doch weh!«, jammerte der eine Zwerg. »Wollen Sie, dass ich das Gleiche mit Ihrem lächerlichen Bart mache?«

Ohne abzuwarten ließ er seinen Worten Taten folgen und hängte sich mit seinem ganzen Gewicht an den Wikingerschnurrbart des Märchenerzählers.

Nun war es Eliot, der aufschrie: »Au! Au! Au! Ihr tut mir doch weh!«

Gloria schlug entnervt auf den Tisch, um wieder zur Ordnung zu rufen. »Seid ihr jetzt endlich fertig mit eurem kindischen Getue?«

Der alte Mann entschuldigte sich und die Zwerge ebenfalls.

»Aber ihr müsst mich doch verstehen«, rief Eliot aus. »Das ist unglaublich. Zwerge, hier, bei mir! Gott sei gelobt!«

Während des kurzen Wortwechsels zwischen dem Zwerg und dem Autor hatte der andere Zwerg sich dem kostbaren Zauberbuch gewidmet, das Eliot ihnen gezeigt hatte.

»Kannst du es entziffern?«, fragte ihn Harold.

»Selbstverständlich«, antwortete der Zwerg. »Es ist ein heiliger Text, der allen Zauberwesen von einst gemeinsam ist. Er ist ein bisschen so etwas wie unsere Bibel! Seit Aberjahrhunderten hat kein Zwerg mehr seinen Blick auf diese Seiten werfen können. Alle Exemplare mussten eigentlich mitgenommen oder zerstört werden. Es ist großartig!«

Doch die Entzückung des Zwergs reichte nicht halb an die von Eliot heran. Er hatte Tränen in den Augen, der brave Mann. »Du könntest mir das übersetzen?«, fragte er. »Könntest du das? Ins Englische?«

Der Zwerg nickte bejahend mit dem Kopf.

Es fehlte nicht viel, und Eliot wäre von Neuem zu Boden gegangen.

»He, he!«, rief Gloria und schüttelte ihn energisch, »bleiben Sie schön brav auf den Beinen, bitte schön. Wir müssen uns unterhalten. Erstens: Ihr Buch da ist ja ganz nett, aber wir werden uns ein andermal darüber unterhalten. Deswegen sind wir nicht hierhergekommen. Zweitens: Die Zeit läuft uns davon. Sie werden uns doch helfen, Mister Eliot, Harold, den Zwergen und mir!«

»Ihnen helfen?«

»Ja. Unter all den Märchen aus Ihrer Feder gibt es eines, über das ich gerne mit Ihnen plaudern würde. *Die Reise des kleinen Leonard.*«

»Was interessiert Sie so an diesem Märchen?«

»Das ist ganz einfach, Sie werden gleich verstehen: Wir müssen so schnell wie möglich nach Irland. Und nicht irgendwohin, nein, auf die andere Seite dieser großen Insel, auf die Blasketinseln!«

»In der Tat, das ist nicht eben in der Nähe.«

»Hinzu kommt, dass der Weg übers Meer uns aufgrund gewisser Widrigkeiten, die wir Ihnen jetzt nicht weiter erläutern können, versperrt ist. Hören Sie mir gut zu: Wir müssen unter allen Umständen diesen Jungen und die zwei Zwerge an den von mir genannten Ort bringen. Es geht um das Überleben dieser alten Welt, der sie so nachtrauern. Wir müssen die anderen Zwerge retten. Begreifen Sie? Wenn ich richtig gelesen habe, dann müssen Sie über ein brandneues, raffiniertes Mittel verfügen, mit dem man so große Entfernungen zurücklegen kann, nicht wahr?«

Da endlich begriff Eliot Doe, worauf Gloria Pickwick hinauswollte.

»Aber ... das ist sehr gefährlich!«, stieß er aus.

»Mag sein«, sagte Gloria, »aber sehen wir vielleicht aus wie Angsthasen? Wir fürchten keine Gefahr, das garantiere ich Ihnen. Sonst wären wir nicht bis hierhergekommen.«

Eliot betrachtete bedauernd sein altes Zauberbuch, in dem der Zwerg noch immer las.

Harold näherte sich dem Mann.

»Ich weiß nicht, von welchem Mittel Mrs Gloria spricht«, sagte er zu ihm, »aber ich verspreche Ihnen, Mister Doe, dass meine Freunde und ich zu Ihnen zurückkommen und Ihnen alles erzählen werden, wenn Sie uns heute helfen können.«

»Alles?«

»Ja. Über das Ende der Magier, den Aufbruch der Zauberwesen aus dieser Welt, alles, was Sie so scharfsinnig selbst schon erraten haben.«

»Ich hatte also recht?«

»Ja, das haben Sie, Mister. Und glauben Sie mir, diese Wahrheit ist eine Geschichte, die ihresgleichen sucht, eine Geschichte, wie man sie Ihnen nie erzählt hat und die Sie nirgendwo lesen konnten. Sie werden der Erste sein, der sie zu hören bekommt. Versprochen.«

Gloria fuhr hoch.

»Und du, Harold, kennst du diese Wahrheit?«

»Ja«, erwiderte der Junge lächelnd.

Sie schüttelte den Kopf und blinzelte Eliot Doe zu.

»Dieser Junge ist wirklich unbezahlbar. Er lässt sich nicht in die Karten sehen. Wer weiß, was ich noch alles über ihn erfahren werde?«

Eliot betrachtete gerührt den Jungen und die Zwerge.

»Danke«, sagte er zu ihnen. »Ich werde voll Ungeduld auf eure Rückkehr warten.«

Unversehens drehte er sich um die eigene Achse, rollte einen der abgenutzten Teppiche, die den Boden bedeckten, ein und gab dadurch eine Art Luke frei.

»Hier entlang. Folgt mir.«

Kapitel 15

In dem die Schriften Mr Eliot Does sich bestätigen

Eine enge Treppe war direkt in den Fels gehauen und führte mit etwa dreißig Stufen in eine Art Geheimwerkstatt. Die Hütte des Schriftstellers war in Wirklichkeit nur eine Fassade. Eliot Doe verfügte im Innern des Felssporns, auf dem er sich niedergelassen hatte, über reichlich Platz.

»Das ist mein Heiligtum«, erklärte er.

Ein großer Raum, bestückt mit Werkzeug, Hobelbänken, Brettern und Rollen, Zeichentischen und Regalen voller Bücher und Manuskripte. Doe öffnete ein großes Fenster, das den Blick senkrecht nach unten auf das entfesselte Meer freigab.

»Tretet näher.«

Harold und Gloria gehorchten.

Zu ihrer großen Überraschung entdeckten sie eine Art Rutschbahn, die steil ins Meer hinabführte.

»Nehmen Sie auf diesem Weg Ihr tägliches Bad, Mister Schriftsteller?«, scherzte Gloria »Es muss ein Wunder geschehen, damit man sich mit Ihrer Methode nicht die Knochen bricht.«

»Nein, das hat nicht das Geringste damit zu tun«, antwortete Eliot.

Er holte eine Pfeife aus der Tasche seines Pullovers, stieß einige schrillte Pfiffe aus und schrie: »Selma! Selma!«

Da trat auf dem steinigen Strand, auf dem einige winzige Holzhütten standen, eine dicke Graugans hervor und blickte wie ein von seinem Herrchen gerufener Hund zu dem Fenster hinauf. Hinter ihr tauchten weitere Gänse auf.

»Ah! Die Gänse!«, rief Gloria. »Ich wusste doch, dass ich recht hatte!«

Eliot Doe hatte sich umgedreht und ans andere Ende der Werkstatt begeben, wo er die zwei Flügel einer Art Portal öffnete.

Dahinter wurde eine seltsame Maschine aus Holz sichtbar.

»Und hier ist meine Flugmaschine!«, verkündete er voller Stolz.

Harold blickte Gloria verblüfft an.

Sie erklärte ihm, dass *Die Reise des kleinen Leonard* die Geschichte eines Waisenjungen erzählte, der aus einem Heim fliehen wollte, in dem er unablässig gequält wurde. Zu diesem Zweck hatte er aus einem Buch eine Skizze von da Vinci ausgeschnitten und mit eigenen Händen eine Flugmaschine für seine Größe gebaut. Es gelang ihm, wie ein Vogel davonzufliegen, doch er verirrte sich am Himmel über dem Meer. Erst mit Hilfe einer Formation von Wildgänsen, die nach dem Winter in ihr Quartier zurückkehrten, fand er seinen Weg wieder.

»Ein Punkt hat mich immer sehr verwundert«, gestand sie Harold. »Robert Balmour liebte diese Geschichte. Er gab sie seiner Lehrerin zu lesen, und dann wurde an der Schule ein großer Wettbewerb unter den Schülern organisiert, bei dem die von Eliot Doe – in Anlehnung an Leonardo da Vinci – in seinem Märchen beschriebene Flugmaschine in Miniatur nachgebaut werden sollte.«

»Na und?«

»Na, und alle Maschinen flogen perfekt. Ich habe mir immer gedacht, dass sich Doe eine solche Maschine unmöglich ausgedacht haben kann; er musste sie selbst getestet haben, bevor er sie in seiner Geschichte so präzise beschrieb. Ich hatte recht, nicht wahr?«

Eliot Doe zog an einer Schnur und die Maschine rollte auf einem Gleis hervor.

»Sie sind damit geflogen, nicht wahr, Eliot?«, fragte Gloria.

»Und wie! Ich habe mehr als tausend Flugstunden vorzuweisen. Sie werden sehen, dieses Modell ist erheblich verbessert worden seit ich seinerzeit das Märchen verfasst habe.«

Harold beobachtete aus den Augenwinkeln, wie die beiden Zwerge sich etwas zuflüsterten. Dann traten sie ohne eine Erklärung auf das Fenster und auf die Rutschbahn zu.

»He, wohin geht ihr denn?«, rief ihnen das Kind zu.

Doch es war schon zu spät, die Zwerge waren auf dem Hintern die lange schiefe Ebene hinabgerutscht.

»Also, wie funktioniert sie?«, fragte Gloria.

Harold wandte sich wieder um, um nichts von Eliot Does Erklärungen zu verpassen.

»Es ist so simpel wie nur möglich, man schnallt sich auf diesem Ledersitz fest, die Flügel der Maschine sind fürs Erste eingeklappt, man schiebt das Gerät aus dem Fenster, und sobald es auf der Rutsche nach unten stürzt, klappt man die Flügel aus und fliegt davon!«

»Das ist alles?«

»Das ist alles. Vorausgesetzt, dass man alles im richtigen Moment macht. Sonst geht man baden! In der Luft kann man die Maschine mit Hilfe der Neigung der Flügel steuern.«

Er zeigte auf einen Satz Hebel, die mit Seilrollen verbunden waren.

»Man zieht nach links, um nach rechts zu fliegen, und umgekehrt.«

Harold sah nach, woraus diese Flügel gebaut waren. Sie waren sehr bunt, denn ihre Oberfläche bestand aus allerlei Vogelfedern, die der Schriftsteller zusammengetragen hatte. Vom Rebhuhn über Star und Lachmöwe bis hin zur Silbermöwe fehlte nichts an seiner Maschine. Sie war praktisch, und sie war schön.

»Nur ein Märchenerzähler kann auf die Idee kommen, eine solche Maschine zu erfinden!«, rief Gloria aus.

Harold fand das von Eliot Doe beschriebene Startmanöver wenig vertrauenerweckend.

»Das ist ja ein ziemlich halsbrecherisches Unternehmen, nicht wahr?«, äußerte er vorsichtig.

»Wie sollen wir eigentlich unseren Weg in der Luft

finden?«, fragte Gloria und tat so, als hätte sie die Besorgnis des Jungen nicht bemerkt.

»An diesem Punkt kommen die Gänse ins Spiel!«, erklärte Eliot begeistert. »Sehen Sie, die Gänse überfliegen während ihrer Züge riesige Gebiete. Als ich ihre Flugbewegungen untersuchte, wurde mir klar, dass sie instinktiv die aufsteigenden warmen Luftströmungen anpeilten, mit deren Hilfe sie sich ohne Anstrengung in der Höhe halten können. Meines Wissens besitzt der Mensch kein Mittel, um diese Luftkanäle mit bloßem Auge zu sehen.«

»In der Tat. Das ist genial. Aber was machen Sie mit Ihren Gänsen? Begleiten sie Sie wirklich während des Flugs?«

»Genau. Sie folgen mir! Sie bilden eine Formation zu beiden Seiten der Flügel. Es ist idiotisch. Sie müssen meine Maschine für eine Art Gänserich halten.«

Eliot Doe kicherte.

»Überhaupt nicht!«

Es war die Stimme eines Zwergs, die ihm geantwortet hatte.

Alle drehten sich zum Fenster um. Unsere beiden Zwerge saßen jeder für sich auf dem Hals einer Gans, die vom Ufer bis in die Werkstatt geflogen war.

»Überhaupt nicht«, wiederholte er. »Diese Gänse können ganz genau zwischen einer ordinären Holzmaschine und einer der ihren unterscheiden! Sie folgen Ihnen nur deshalb, Mister Doe, weil Sie immer gut zu ihnen waren. Deshalb wollen sie nicht, dass Sie in den Fluten untergehen oder auf dem Dach eines Dorfs in blutige Fetzen gerissen werden.«

»Wie? Sprecht ihr etwa mit den Gänsen?«, fragte Eliot fassungslos.

»Ja, Mister.«

Da stieß eine der Gänse einen langen Schrei aus.

»In ihrem Dialekt«, erläuterte der Zwerg, »bedeutet das: ›Du blöder Mensch, dass du immer glaubst, das einzige denkende Geschöpf auf Erden zu sein!‹«

Gloria lachte lauthals.

»Sie ist nicht auf den Schnabel gefallen, diese Gans! Die gefällt mir.«

Nach einigen weiteren technischen Ausführungen holte Eliot Doe unter seinen zahlreichen geografischen Karten eine von Irland hervor, um nachzusehen, wo die Blasketinseln lagen.

»Hier, da sind sie«, erklärte er und wies auf den westlichsten Zipfel des Landes. »An der Spitze der Halbinsel Dingle.«

Er steckte die Nase aus dem Fenster.

»In dieser Jahreszeit bläst ein starker Ostwind. Das ist gut für euch. Ihr könnt nach Irland fliegen. Aber ihr könnt ganz bestimmt nicht zurückkommen!«

Die Zwerge erklärten den Gänsen den Weg und das Ziel ihrer Reise.

»Und jetzt alle marsch, los, auf den Weg!«, trieb Gloria sie anschließend an. »Na ja ... marsch, und Weg ... mir fällt kein besserer Ausdruck für diese neue Art des Reisens ein.«

Sie versuchte ihre Beine bis zum Sitz vorzuschieben.

»Wollten Sie Ihre unglaubliche Erfindung denn nie publik machen, Mister Doe?«, fragte Harold.

»Pah! Ich habe es versucht, aber niemand hört mir zu. Also habe ich sie zum persönlichen Gebrauch für mich behalten. Seit Jahren fliege ich nun auf der Suche nach einem Troll oder einem Elf, der nicht verschwunden ist, durch die Welt ... Vergeblich. Immer habe ich danach gesucht. Aber ihr habt mich dafür entschädigt. Manchmal genügt es eben, zu Hause zu bleiben, damit man ein Wunder erlebt! Das wird mir eine Lehre sein.«

Gloria quetschte sich mühsam in die Flugmaschine.

»Es gibt kaum Platz hier drin!«, klagte sie.

»Das liegt daran, dass Sie ...«

»Was? Was ist mit mir?«

Doe wollte sagen: »Sie sind ein bisschen kräftig, Madam Gloria«, aber das wagte er nicht, denn er war sich von vornherein sicher, dass er dafür mit einer Ohrfeige oder einer anderen Liebenswürdigkeit dieser Art bedacht werden würde. Er zog es vor, das Gurtsystem zu ändern, um es an den Passagier anzupassen.

Harold schlüpfte auf den Schoß der Frau. »Wird das Gewicht nicht ein Problem sein?«, fragte er beunruhigt.

»Ich glaube nicht«, antwortete Doe. »Vielleicht beim Start, aber danach ist die Flügelspannweite bei Weitem ausreichend für euch beide. Man darf allerdings nicht vergessen, sie auszuklappen!«

»Aber trotzdem, der Start ...«

Eliot Doe beugte sich zu dem Jungen.

»Mach es wie ich, mein Kleiner«, sagte er zu ihm.

»Wie denn?«

»Schließ die Augen!«

Dieser Rat wirkte in keiner Weise beruhigend.

Eliot Doe reichte den Passagieren dicke Kissen, gefütterte Ledermützen und Brillen aus eigener Herstellung.

»Los geht's!«, rief er endlich. »Viel, viel Glück für euch vier. Gute Reise. Wir sehen uns nach eurer Rückkehr … oder in einigen Sekunden unten auf dem Strand!«

***

Was soll man nun über diesen unglaublichen Start erzählen? Die ersten Augenblicke waren die schlimmsten: Unter dem vereinten Gewicht der Gouvernante und des Kindes verweigerte die Maschine jede Vorwärtsbewegung. Die zwei von den Zwergen gesteuerten Gänse mussten erst einige an der Maschine befestigte Seile in den Schnabel nehmen, um sie mit Gewalt vom Fenstersims zu zerren. Dank ihrer Bemühungen raste die Maschine schließlich auf der glatten Rampe der Rutschbahn bergab.

Harold schrie.

Gloria schrie.

Die Zwerge schrien.

Eliot Doe biss sich in die Faust.

»Die Flügel! Die Flügel!«, gackerten die Gänse.

Die Gouvernante der Balmours zog an der Seilrolle: Die Tragflächen entfalteten sich anmutig, der Wind fuhr mit einem lauten Flumm! hinein und entriss die Maschine mit einem Schlag der Erdanziehungskraft.

Als Harold die Augen wieder öffnete, flogen sie gerade über das Wasser. Alle Gänse hatten sich ihnen angeschlossen. Und dann geschah etwas Unerhörtes: Die Gänse schnappten sich die Seile, die zum Starten dienten, und zogen daran, damit das Fluggerät in die Lüfte stieg.

Gloria und Harold gewannen rasant an Geschwindigkeit und verschwanden in den Wolken.

»Na so was!«, brummte Eliot Doe, als er diesen neuen Trick sah, »mir ist nie ein solcher automatischer Pilot vergönnt ... Diese Glückspilze!«

Er schloss das Fenster seiner Werkstatt.

Doch er war nicht der Einzige, der an diesem Tag den Abflug und das Verschwinden von Glorias und Harolds Flugmaschine beobachtet hatte. Ein paar Dutzend Meter von seiner einsamen Hütte entfernt hatten auch zwei dunkle Gestalten alles mitangesehen.

Ein kleiner, sehr nervöser schwarz gekleideter Mann, der herumzappelte und nicht still halten konnte. Dazu eine hochgewachsene, regungslos erstarrte Silhouette an seiner Seite.

Baron Ahriman!

»Ich habe alles getan, was ich konnte, Meister«, jammerte der Kleine. »Ich habe sie seit ihrem Aufbruch aus London nicht eine Sekunde aus den Augen gelassen. Ich habe alle Transportmittel in Falmouth lahmgelegt, wie Sie es mir befohlen haben. Aber das ...! Das konnte ich nicht ahnen! Eine fliegende Maschine!«

Der Baron verharrte einen langen Moment in Schweigen und starrte zum Himmel.

»Das macht nichts«, erwiderte er endlich. »Du hast alles in allem gute Arbeit geleistet. Du kannst dich jetzt ausruhen; von nun an werde ich die Sache selbst in die Hand nehmen.«

Daraufhin breitete Baron Ahriman seine langen Arme aus und flog wie ein Unheil bringender Vogel genau im Schlepptau unserer Freunde von dannen.

Kapitel 16

In dem Gloria das Wirtshaus zum zechenden Matrosen entdeckt

Der Himmel war von dichten Wolken überzogen. Harold und Gloria waren anfänglich entsetzt über die heftigen Turbulenzen und Luftlöcher, die sie über sich ergehen lassen mussten. Wie ein Laubblatt wurde der hölzerne Apparat umhergeworfen, und die Gänse zogen mit aller Kraft, damit die Maschine an Höhe gewann.

Der Flug durch die Wolken war abenteuerlich. Harold entdeckte schwebende Eisblöcke, denen sie gerade noch ausweichen konnten. Zweimal glaubte er, die Tragflächen würden zerfetzt werden oder sich auf die andere Seite drehen.

Doch sobald sie durch die Wolkenschicht gestoßen waren, wurden sie plötzlich von einer strahlenden Sonne und einem Himmel geblendet, der so blau war, wie sie seit vielen Monaten keinen mehr über England gesehen hatten.

»Es ist herrlich!«, rief Gloria aus.

Die Turbulenzen hatten aufgehört, alles war ruhig und still, das Holz des Fluggeräts hatte aufgehört zu knarzen, und die weißen Wolken glichen einem friedlichen Meer unter den Füßen der Abenteurer.

Die Gänse wechselten sich nun beim Führen der Flugmaschine ab. Sie hatten in V-Formation in der Verlängerung der künstlichen Flügel Aufstellung genommen.

So begann die Überquerung des Ozeans und sie verlief ganz ohne Unterbrechung.

Die zwei Zwerge stürzten sich gelegentlich auf ihren Gänsen zur Erde und stiegen einige Minuten später mit Lebensmitteln und frischem Wasser für die Frau und das Kind wieder auf. Kein einziges Mal berührte die Maschine während der Überquerung des Meers und dem Flug über Irland den Erdboden.

Unsere Freunde sahen nichts von der Landschaft dieser schönen Insel, die immerzu hinter einer dichten, undurchdringlichen Wolkendecke verborgen blieb. Die einzige Abwechslung in der Landschaft, die sie erblickten, waren die grandiosen Sonnenauf- und -untergänge am Horizont. Und der Sternenhimmel in der Nacht.

Der Flug dauerte mehrere Tage.

Als eine der Gänse den Zwergen verkündete, dass das Ziel nicht mehr fern sei, fragten sich Gloria und Harold, wie sie es bloß schaffen sollten, sich jemals wieder gerade auf die Beine zu stellen, so steif, wie sie auf ihren Sitzen geworden waren …

Die Landung erwies sich als ein weiteres riskantes Manöver.

Denn als sie schließlich wieder unter die Wolken abtauchten, regnete es in Strömen und der Ostwind blies wie nie zuvor.

Da der Landeanflug nicht wie geplant verlief und die Maschine zu viel an Höhe verlor, mussten sie an der irischen Küste aufsetzen, auf einer Schafweide nicht weit von Dingle entfernt. Wieder einmal konnte Gloria das Manöver nur dank der Geschicklichkeit der Gänse durchführen. Ohne sie wären unsere Freunde schlicht und einfach zerschellt und ums Leben gekommen.

Nachdem alle wieder Boden unter den Füßen hatten, herrschte einen Moment lang Schweigen und keiner rührte sich. Die Vögel waren erschöpft. Harold sprang aus der Maschine, wogegen der Ausstieg bei Gloria länger dauerte und schmerzhafter war.

»Ah! Und das meinen alten Knochen!«, ächzte sie, während sie ihre Gelenke knacken hörte.

Als sie endlich wieder auf den Beinen war, fühlte sie sich seltsam. Es war nicht diese Seekrankheit, die Matrosen nach langen Wochen auf See verspüren, sondern …

»Der Gürtel meines Kleids hält nicht mehr!«, rief sie aus.

Harold lächelte.

»Ich glaube, Sie haben ein bisschen abgenommen während dieses Abenteuers, Madam Gloria.«

»Was?«

Die Frau betastete sich überall. Tatsächlich, sie war dünner geworden.

»Aber das ist ja schrecklich!«, rief sie. »Ich sehe ja zum Gotterbarmen aus!«

»Äh … so weit würde ich nun auch wieder nicht gehen.«

»Doch! Ich bin die reinste Bohnenstange!«

Gloria hatte nur sechs oder sieben Kilo verloren, doch in ihren Augen reihte sie sich damit in die Schar der abgemagerten Gestalten ein, die sich unter den jungen Mädchen der Londoner Gesellschaft unaufhaltsam ausbreiteten.

»Das ist ja grauenhaft! So kann ich auf keinen Fall bleiben! Mein Gott!«

Nachdem sie den ersten Schrecken überwunden hatte, besprach man die allgemeine Lage. Nicht weit von ihnen entfernt konnte man das Meer tosen hören. Am Horizont waren im Nebel verschwommene Umrisse erkennbar, und das mussten wohl die Blasketinseln sein.

»Wir sollten uns umhorchen«, schlug Gloria vor. »Harold, bleib du mit den Gänsen und der Maschine hier. Niemand darf ihr nahe kommen. Ich werde mich in die Stadt begeben und versuchen, mehr herauszufinden.«

Daraufhin machte sie sich auf den Weg nach Dingle.

Dieses große Fischerdorf wirkte noch gottverlassener als Falmouth. Das schlechte Wetter ließ niemanden aufs Meer hinaus. Die Häuser und Straßen waren wie leer gefegt.

»Was soll das denn sein? Etwa eine Geisterstadt?«

Nein, Gloria, die Einwohner waren nicht geflohen, sie hatten sich nur wie gewöhnlich … im Wirtshaus versammelt, um den Tag irgendwie herumzubringen!

Das Wirtshaus zum zechenden Matrosen.

»Das ist doch mal ein Name!«

Gloria trat ein.

Ohrenbetäubendes Stimmengewirr, Qualm und Massen von Seeleuten empfingen sie! Unsere Freundin bahnte sich mühsam einen Weg durch die Menge. Ganz Dingle war hier, um Bier zu trinken und aus Pfeifen dicke blaue Schwaden in die Luft zu blasen.

Gloria erkämpfte sich einen Platz am Tresen und bestellte nach einem prüfenden Blick auf die Gerichte, die an ihr vorbeigetragen wurden, ein ganzes geschmortes Lamm.

»Ein ganzes, Madam?«, fragte die Kellnerin ungläubig.

»Sie haben richtig gehört. Ein ganzes!«

Ihrem Wunsch wurde Genüge getan.

Gloria machte sich methodisch über das Tier her. Ihr Gewichtsverlust hatte sie so traumatisiert, dass sie beschlossen hatte, sich so schnell wie möglich wieder eine Speckschicht anzufuttern.

Die Fischer aus der Gegend rempelten einander mit den Ellbogen an, um sich gegenseitig auf diese Fremde aufmerksam zu machen, die sich so inbrünstig über ihr Lamm hermachte. Eine Frau mit so gutem Appetit galt in dieser Ecke Irlands als sehr verführerisch. Einige kamen näher und begannen sie mit Blicken zu mustern, die zu anzüglich waren, um noch als ehrbar durchzugehen.

»Wo befindet sich die große Blasketinsel?«, fragte sie den Wirt.

»Vor Dingle liegt eine Gruppe von Inseln, die so heißen. Die größte ist die dritte, wenn man Kurs nach Norden nimmt.«

»Danke, Wirt.«

»Aber in dieser Jahreszeit werden Sie ganz bestimmt nicht dorthin gelangen. Die Inseln sind bis zum Frühling unerreichbar. Das Meer hier kennt kein Pardon!«

»Das ist meine Sache.«

Und sie biss energisch in einen fetttriefenden Schlegel.

Da ging ein junges Mädchen, sicher die Wirtstochter, mit einem Tablett voller Ale-Krüge an ihr vorbei, die sie den Karten spielenden Männern servierte.

Gloria spürte sogleich, wie ihr das Herz schwer wurde.

Sie dachte an Zoé.

»Meine arme Kleine«, sagte sie zu sich selbst, »wo bist du wohl gerade? Bist du gesund? Und der Lord und die Kinder und Lady Balmour …?«

Sie verlangte nach einem Stück Papier und einem Stift und schrieb, ohne mit dem Essen aufzuhören, einen Brief an ihre Tochter, in dem sie ihr von ihren letzten Abenteuern erzählte.

Sie bezahlte den Wirt, damit er für seine Beförderung nach Lexington, einen Vorort Londons, sorgte.

»Wird gemacht, Madam.«

In diesem Augenblick bemerkte Gloria die liebestrunkenen Blicke einiger Seeleute neben sich.

Ich weiß nicht, ob es am permanenten Umgang mit dem Meer liegt, aber wie dem auch sei – die Männer in dieser Schänke, junge wie alte, hatten alle Gesichter, die irgendwie an die Meeresfauna erinnerten. Der Leser wird verstehen, was ich damit meine, wenn ich sage, dass mancher eine Visage wie ein Barsch, ein

Pottwal oder eine Muräne hatte. Na, und Glorias Verehrer trugen alle eine solch wenig anziehende Physiognomie zur Schau.

»Sucht euch lieber ein anderes Objekt, dem ihr schöne Augen macht, ihr Hübschen, wenn ihr nicht Bekanntschaft mit meiner Rechten machen wollt! So eine Bande von Rüpeln!«

Nachdem sie das Schaf beinahe aufgegessen hatte, hob sie noch ein Stück für Harold auf und beschloss, nicht mehr länger in dieser Lasterhöhle zu verweilen.

Doch nun geschah, was geschehen musste: Während sie sich zwischen den Gästen hindurchzwängte, um zur Tür zu gelangen, konnte einer von ihnen, wohl verrückt vor Liebe, es sich nicht verkneifen und zwickte sie in den Hintern.

Der Unglückliche!

Er bekam nicht etwa eine Ohrfeige ab, nein, ein wahrer Holzfällerfaustschlag machte seine Nase platt. Glorias Hand hatte sich in eine Kanonenkugel verwandelt.

Obgleich gebaut wie ein echter Harpunier, schwankte der Arme nun trotzdem wie ein Fächer hin und her.

Irische Schänken haben mit Pariser Kabaretts oder amerikanischen Saloons das eine gemeinsam, dass nämlich sämtliche Anwesenden sich auf der Stelle ohne jeden Grund die Köpfe einschlagen, sobald irgendwo auch nur der kleinste Streit ausbricht. Binnen einer Sekunde ging im *Wirtshaus zum zechenden Matrosen* alles drunter und drüber. Tische und Gläser flogen durch die Luft, alle gingen sich mit hemmungsloser Gewalt an den Hals, und auf denen, die bewusstlos zu Boden gingen, wurde von den anderen Kampfhähnen herumgetrampelt.

Mit Mühe erreichte Gloria den Ausgang.

»Die Irren von Dingle«, dachte sie und machte, dass sie davonkam.

Harold und die Zwerge waren derweilen nicht untätig geblieben. Nachdem sie zu dem Schluss gekommen waren, dass sie die fliegende Maschine wieder benötigten, um die Inseln gegenüber zu erreichen, hatten sie überlegt, wie sie sie wieder in die Luft befördern konnten.

»Anscheinend hat Eliot Doe bei all seiner Erfindungsgabe nie daran gedacht, seine Maschine mit Rädern zu versehen!«, sagte Harold zu Gloria. »Ich habe mit den Zwergen heimlich drei Schubkarren in einem nahe gelegenen Bauernhof zerlegt, und das ist das Ergebnis.«

In der Tat! Nach langen Verhandlungen mit den Gänsen unter Vermittlung der Zwerge wurde beschlossen, dass sie eine letzte gewaltige Anstrengung auf sich nehmen und versuchen würden, die fliegende Maschine so lange emporzuziehen, bis sie in der Luft schwebte.

Überflüssig zu erwähnen, dass dieses Unterfangen mit einer Unzahl von gescheiterten Versuchen einherging. Die Iren grenzten ihre jeweiligen Felder durch Steinmäuerchen voneinander ab; mehr als einmal zerschellte fast das Holz der Maschine an ihnen.

Endlich aber konnten Gloria und Harold, mit der Schnauze genau im Wind, ihren Flug zu den Blasketinseln wieder aufnehmen.

»Fliegen wir die dritte an, die größte«, hatte die Gouvernante geraten.

Die Gänse waren vollkommen erschöpft. Das machte sich bei der Landung deutlich bemerkbar: Sie setzten so heftig auf, dass das Fahrwerk der Maschine in tausend Stücke zerbrach.

»Teufel noch mal!«!, rief Harold. »Sieht nicht so aus, als kämen wir von hier wieder weg.«

Es gab keinen einzigen Baum auf der Insel und folglich keine Möglichkeit, die beschädigten Teile nachzubauen. Blasket glich einem kleinen Hügel, der vollständig von einem leuchtend grünen Gras überzogen war. Im Frühling setzten die Schäfer vom Festland ihre Schafe mit dem Schiff über und ließen sie den Sommer über hier weiden. Dieses mit Gischt und Meersalz getränkte Gras verlieh ihrem Fleisch einen Geschmack, für den es bis nach Paris berühmt war.

Heute aber war die Insel, abgesehen von einem Häufchen Unbelehrbarer, das aus sechs bis acht Personen bestand, menschenleer.

Auf der Nordseite erspähte Gloria die Ruinen eines Klosters.

»Lass uns dorthin gehen«, sagte sie zu Harold. »Wenn deine Freunde, die Zwerge, noch hier sind, dann werden wir sie bald entdecken!«

Kapitel 17

»Sagen Sie uns, Herr Erzähler,
woher nehmen Sie Ihre Ideen?«
»Ach, lieber Leser, für gewöhnlich liegen sie
auf der Straße!«

Das Kloster war eine echte Ruine. Es war nicht etwa erst seit ein paar Jahren oder vor ein paar Generationen verlassen worden. Nur noch zwei wacklige Mauern waren davon übrig geblieben, einige Haufen eingefallener Steine, der kaum erkennbare Umriss eines teilweise eingestürzten Turms und ein paar unter Unkraut und Schutt begrabene Stufen.

Harold und Gloria musterten das Trümmerfeld.

»Hier gibt es nicht die Spur eines Zwergs«, bemerkte die Frau.

»Leider!«

»Wie viele sind es?«

»Tausend.«

Gloria fuhr hoch.

»Ach nein … das sieht nicht gut aus …«

Von hier aus konnte man die ganze Insel überblicken: Keine Spur von einem Zwerg, geschweige denn von tausend!

Harold seufzte.

»Zu spät?«

Der Junge war kurz davor, den Kopf in den Händen zu bergen und loszujammern wie in Falmouth, doch Gloria warf ihm einen vorwurfsvollen Blick zu, der besagte: »Denk nicht mal dran, Freundchen! Wir werden aus diesem Schlamassel schon wieder herausfinden!«

Die zwei Zwerge verloren ebenfalls den Mut. Gloria befahl ihnen: »Ihr beiden klettert jetzt auf die Spitze dieses Turms und erzählt uns, was ihr auf den Nachbarinseln erkennen könnt.«

Die Zwerge gehorchten, obwohl ihnen dieses Unternehmen ein leises Unbehagen einflößte. Gloria wandte sich an Harold.

»Wir werden die hiesigen Bewohner ausfindig machen und Mittel und Wege finden, wie wir zu allen Inseln des Archipels gelangen. Vielleicht sind deine Freunde woanders? Kommt gar nicht infrage, dass wir so schnell aufgeben, jedenfalls nicht, bevor wir nicht alle Möglichkeiten ausgeschöpft haben. Wir haben noch eine Chance, mein Kleiner.«

Glorias Tonfall, dazu ihre selbstverständliche Entschlossenheit und ihr nicht kleinzukriegender Optimismus ließen jeden wieder Hoffnung schöpfen. Diese Frau war imstande, selbst einem Knochen Leben einzuhauchen!

Die beiden Zwerge kletterten vorsichtig auf die Ruinen. Der Wind fuhr pfeifend durch die Ritzen zwischen den Steinen, und es kam ihnen ständig so vor, als würde schon der Aufprall eines Sandkorns genügen, um alles wie ein Kartenhaus zum Einsturz zu bringen.

»Was für ein Abenteuer!«, rief der Erste aus. »Glaubst du, dass wir unsere Brüder wiedersehen?«

»Ich habe nicht die geringste Ahnung. Das alles scheint mir leider nicht unter einem guten Stern zu stehen. Aber nun hör auf, Fragen zu stellen, und pass lieber auf, dass du deinen Fuß auf die richtige Stelle setzt.«

»Eine seltsame Frau, diese Gloria, findest du nicht?«

»Ich glaube beinahe, dass die Vorsehung sie zu uns geführt hat in dieser Geschichte. Das beruhigt mich ein wenig. Vielleicht steht ja dieses ganze Abenteuer schon irgendwo geschrieben?«

»Mag sein ... Dann hoffen wir mal, dass der Verfasser weiß, wie es weitergeht.«

»Hoffen wir es ...«

Mühsam arbeiteten sie sich zur Turmspitze hinauf.

»Na, was seht ihr?«, rief Gloria ihnen von fünfzehn Meter weiter unten aus zu.

Wie wir bereits wissen, lag die Landschaft zu dieser Jahreszeit in dichtem Nebel. Einzig der schattenhafte Umriss der nächsten Insel zeichnete sich im Westen ab.

Die Zwerge kniffen die Augen zusammen, um die Küste besser erkennen zu können. Ihre Konzentration und Hartnäckigkeit wurden schließlich belohnt, denn einer von ihnen entdeckte plötzlich etwas.

»Da!«

»Da? Wo da?«

»Siehst du nichts?«

»Wo?«

»Das sieht mir ganz nach einem ...«

Unten wurde Gloria ungeduldig.

»Was ist? Nichts zu sehen?«, schrie sie.

»Doch, Madam«, antwortete der Zwerg ebenfalls schreiend. »Ich sehe noch ein Kloster!«

»Lebenszeichen?«

»Nein, es ist ebenfalls eine Ruine. Aber es gibt einen Turm, der genauso aussieht wie unserer. Die zwei Klöster wurden bestimmt so errichtet, damit sie untereinander kommunizieren konnten.«

»Kommunizieren?«

Der Zwerg blickte seinen Freund an.

»Wir müssen ein Feuer machen!«

Und das taten sie dann auch. Ein wenig trockene Kräuter und ein paar Tricks aus dem Zwergenrepertoire, und schon loderte auf der Turmspitze ein kleines Feuerchen auf. In diese mageren Flammen warfen die beiden Zwerge ein paar Haare, die sie sich vom Kopf und unter Schmerzen aus der Nase rissen. Kaum züngelte das Feuer an diese haarigen Beigaben, da flammte es gewaltig auf. Doch diese Flammen hatten keine gewöhnliche Farbe, sie funkelten vielmehr grün und rosa!

»Was treiben sie nur da oben?«, fragte Gloria, als sie den merkwürdigen Brand oben auf dem Turm erblickte.

»Sie setzen ein für Zwerge typisches Signal ab. Sie allein sind imstande, Flammen eine solche Farbe zu verleihen. Wenn sich auf der anderen Insel gegenüber Zwerge aufhalten, dann erkennen sie sich auf der Stelle.«

»Ach, so ist das! Mit euch lernt man wirklich nie aus!«

Und da lag Gloria wirklich nicht falsch, tatsächlich wurden die einzigartigen Eigenschaften von Zwergenhaaren von den modernen Experten für alte Sagen bislang stets ignoriert. Und das ist die Höhe!

Sie warteten lange, ohne dass auf der anderen Insel irgendetwas geschah.

»Nun bleibt uns nur noch, die Einwohner zu befragen«, erklärte Gloria. »Und wir müssen den Küstenverlauf genau unter die Lupe nehmen, um zu sehen, ob ihr nicht vielleicht eine Grotte übersehen habt.«

»Harold! Madam Gloria!«, schrien die Zwerge. »Stellt euch vor! Sie haben geantwortet!«

Tatsächlich flammte auf dem fernen Turm die gleiche Art Feuer auf.

»Sie sind dort! Sie sind wirklich da drüben! Wir haben sie gefunden!«

Harold und Gloria überkam ein wahrer Freudentaumel. Eine schwere Last schien von ihnen abzufallen wie nach einer langen Anstrengung. Plötzlich sah die Zukunft wieder rosig aus.

Doch das Soufflé fiel schnell in sich zusammen.

»Halt, wie können wir denn auf ihre Insel gelangen?«, fragte Harold voller Sorge. »Das Meer tobt! Und die Küste ist voller scharfer Felsen. Wahre Speerspitzen, die jedes Schiff aufschlitzen können!«

»Es muss doch irgendein Mittel geben.«

Nur kurze Zeit später brachen die Zwerge auf ihrem Aussichtsplatz erneut in ein Freudengeschrei aus.

»Sie kommen zu uns! Die Flamme bewegt sich! Sie nähert sich unserer Insel!«

»Na also«, rief Gloria erfreut, »sie selbst haben einen Weg gefunden!«

Die beiden Zwerge hatten sich wieder zu der Frau und dem Jungen gesellt, und alle feierten die Neuigkeit mit lautem Jubel.

»Das ganze Abenteuer hat sich also gelohnt!«

»Wir haben nicht umsonst gelitten!«

»Die Zwerge sind wieder da! Die Zwerge sind wieder da!«

Seltsamerweise freute sich Gloria am meisten von allen. Das lag daran, dass die Aussicht auf zusätzliche Hilfsbataillone ihre Hoffnung nährte, schon bald den unheilvollen Bewohner von Collins Square Nummer 6b direkt attackieren zu können und mit ihrer Familie in London wieder vereint zu sein.

Harold und die Zwerge hielten sich an der Hand und tanzten im Kreis herum. Gloria schloss sich ihnen ohne zu zögern an.

Immer wieder stiegen die Zwerge auf den Turm, um zu sehen, wie ihre Freunde näher kamen.

»Sie müssen ein Schiff gebaut haben, um bis nach Irland zu gelangen. Und damit kommen sie jetzt zu uns.«

Gloria konnte nicht mehr an sich halten und schmetterte aus voller Brust ein damals berühmtes Siegeslied: *I told you so!*

»Was ist denn das für ein Lärm hier?«

Eine Stimme hatte das gerufen und damit die Freudenausbrüche unserer Freunde abrupt verstummen lassen.

Zwischen den Ruinen des Klosters erschien ein kleines Männchen. Ein Steinhaufen auf den durchlöcherten Treppenstufen war beiseitegeschoben worden und gab nun den Blick auf einen Geheimgang frei.

Der Neuankömmling war ein Zwerg.

Und nicht irgendein Zwerg. Sondern der Anführer der Kolonie, die Harold so ans Herz gewachsen war. Der Zwerg schaute noch verdutzter drein als unsere vier Freunde, sobald er den Jungen erblickte.

»Harold! Mein kleiner Harold! Du bist gerettet! Du bist hier!«

Der Junge trat näher.

»Ihr auch!«, erwiderte er.

»Ja! Wir haben uns in den Gewölben des Klosters versteckt.«

Harold und die beiden Zwerge fielen dem Oberhaupt der Zwerge um den Hals.

Gloria runzelte die Stirn und ihr Lächeln erstarb.

»Moment mal!«, rief sie ihnen zu. »Das ist ja alles gut und schön, aber ... wer ist dann auf der Insel gegenüber? Und dieses Zwergensignal, wer hat das denn entzündet?«

Der freudige Ausdruck auf den Gesichtern Harolds und der Zwerge verschwand.

»Das ist wahr ... wer kann das sein?«

Gloria warf Harold einen beunruhigten Blick zu.

»Ahriman!«

Der Anführer sprang auf.

»Was? Ahriman ist hier?«

»Daran besteht kein Zweifel«, antwortete die Frau. »Wer sonst? Er will uns eine Falle stellen!«

»Dann müssen wir so schnell wie möglich von hier verschwinden!«

Die Zwerge schauten gen Horizont.

»Schnell!«, riefen sie. »Er ist schon fast hier.«

Das Oberhaupt der Zwerge drehte sich zum Eingang seines Verstecks um.

»Folgt mir.«

Harold und die beiden Zwerge verschwanden nach ihm in der Tiefe. Der Gang war sehr eng, Gloria konnte sich nur mit Mühe durchzwängen.

»Zum Glück wiegen Sie nicht ein Kilo mehr«, bemerkte der Anführer an sie gewandt, »Sie hätten hier sonst nie hindurchgepasst.«

»Sehr liebenswürdig.«

Der Gang mündete in der zerstörten Treppe, deren unterer Teil intakt geblieben war. Schon bald gab es überhaupt kein Licht mehr. Nach der letzten Stufe gebot ihnen der Anführer Einhalt.

»Geht nicht weiter. Wir sind hier. Alle sind da.«

»Wie das, alle?«, fragte Gloria.

Um sie herum herrschte stockdunkle Nacht.

»Ihr habt die Kolonie gefunden«, erklärte der Anführer.

»Wollen Sie damit sagen, dass sich hier, ganz in meiner Nähe, tausend weitere Zwerge befinden?«

»So ist es, Madam.«

Der Anführer erhob die Stimme. »Freunde, hört mir zu, Harold ist wieder unter uns!«

Sogleich hallte ein gewaltiges Murmeln wie in einer Kathedrale wider. Das tausendfache Freudengemurmel von Zwergen!

»Es ist unglaublich«, dachte Gloria, »niemals wird mir jemand glauben, wenn ich das erzähle. Das ist eine vollkommen aberwitzige Geschichte. Selbst Zoé wird mich für verrückt halten.«

»Habt ihr kein Licht?«, fragte Harold.

»Nein«, antwortete der Anführer. »Unsere letzten Kerzen sind seit Langem erloschen.«

»Keine Haare mehr in der Nase?«, scherzte die Gouvernante. Aber niemandem war zum Lachen zumute.

Der Stein am Eingang war wieder an seinen Platz gerückt worden, doch auf Harolds und Glorias Wunsch wurde am oberen Ende der Treppe ein Spalt offen gelassen, damit sie von dort nach draußen schauen und nachsehen konnten, ob ihr Verfolger tatsächlich Ahriman war.

Und wirklich erschien die abscheuliche Gestalt des Barons alsbald in den Ruinen des Klosters, genau an der Stelle, wo Harold und seine Freunde vor Freude getanzt hatten.

»Mein Gott!«, murmelte der Anführer der Zwerge. »Er ist es wirklich.«

»Ach! Ich würde zu gerne hinausgehen und ihm gehörig den Kopf waschen«, schimpfte Gloria.

»Bloß nicht«, versetzte der Anführer. »Hier, wo es keine Zeugen gibt, kann er seine ganze Macht spielen lassen. Wenn er uns findet, ist es um uns geschehen.«

Der Baron ging mit bedächtigen Schritten und musterte dabei den Boden, als würde er Spuren lesen. Aus der Perspektive Harolds und der Zwerge wirkte er noch größer und imponierender als am Collins Square.

Da plötzlich, er ging auf die Treppe zu!

Unsere Freunde hielten den Atem an.

Baron Ahriman lachte höhnisch.

»Wie spaßig ihr seid, ihr Herzchen! Ihr benehmt euch wie Kinder, die Versteck spielen.«

Er steckte seine Hand durch den Spalt zwischen den Steinen.

Gloria, Harold und die Zwerge wichen immer weiter zurück bis an den Fuß der Treppe.

Doch die Hand *folgte* ihnen!

Als unsere Freunde unten im Versteck der anderen Zwerge angelangt waren, hatte ihre Flucht ein Ende.

Die Hand schwebte mit geöffneter Handfläche in der Luft, und in ihrer Mitte leuchtete ein kleines Licht, eine Feuerkugel. Dieser Lichtschein blendete nicht und erhellte dennoch alles wie hundert Fackeln! Der ganze Saal erstrahlte: Harold und Gloria entdeckten zum ersten Mal die tausend verängstigten Gesichter der Zwerge ... Sie erkannten sogleich, dass der Saal eine Höhle aus eingestürzten Mauern war und dass es keine einzige Fluchtmöglichkeit von hier gab.

Die Kugel in Ahrimans Hand wurde größer und plötzlich erschien die Gestalt des Barons in Miniatur an ihrer Stelle. Ahrimans Arm hatte sich unglaublich verlängert, um unsere Freunde zu verfolgen, und nun nahm der Baron in der hohlen Innenfläche dessen eigener Hand Gestalt an!

Er warf einen Blick um sich und brach dann in schallendes Gelächter aus, das ihnen das Blut in den Adern gefrieren ließ, ein teuflisches Lachen, das von den Wänden widerhallte.

»Ihr erleichtert mir die Sache, wie ich sehe«, höhnte er, als er die Höhle erblickte. »Habt ihr euren Kerker selbst ausgesucht? Recht so. Niemand kann daraus entkommen. Sogar noch besser, das wird eure letzte Ruhestätte. Ich muss euch also nicht der Reihe nach den Garaus machen. So ist es doch bequemer. Ich bin von Natur aus faul, und ihr seid wirklich zu viele …«

Gloria machte einen Schritt auf ihn zu.

»Willst du uns wohl in Ruhe lassen, du Unglücksbrut?«, schleuderte sie ihm zum blanken Entsetzen aller Zwerge entgegen, die durch das Erscheinen des Teufels wie versteinert waren.

»Unglücksbrut?«, wiederholte Ahriman. »Das gefällt mir als Beschimpfung, das muss ich mir merken. Denn Sie, Madam Pickwick, werden leider nicht mehr unter uns weilen, um mich an diesen hübschen Ausdruck zu erinnern. Mit Ihnen bin ich fertig! Möge Ihnen ein langsamer und schmerzhafter Tod vergönnt sein. Verzeihen Sie mir, dass ich nicht mehr Zeit in Ihrer Gesellschaft verbringe, aber ich habe Ihnen nichts weiter zu sagen, um der Wahrheit die Ehre zu geben!«

Und dann verschwand er mit einem Schlag. Ein schreckliches Donnergrollen begleitete dieses Verschwinden. Alle Ruinen über ihnen stürzten in sich zusammen, der Turm fiel um, und seine Steine blockierten für immer den einzig möglichen Ausweg für unsere Freunde …

Das Echo des Einsturzes hallte noch lange nach wie ein Donnerschlag, dann breitete sich ein bedrückendes Schweigen in der Finsternis aus, die Harold, Gloria und die Zwerge einhüllte.

Ihr Schicksal war besiegelt. Sie würden in dieser Höhle umkommen!

Ganz plötzlich erhob sich Glorias Stimme, und sie sagte diesen furchtbaren Satz: »Jetzt kannst du von mir aus gerne jammern, Harold. Wie es aussieht, ist unsere Lage wirklich verfahren.«

Kapitel 18

Das haben Sie schon einmal gehört:
»Also, na ja … Sie werden schon sehen!«

Keiner der Gefangenen jammerte. Keiner klagte. Diese Apathie war womöglich noch unerträglicher als Tränen und Wehgeschrei: Alle wussten so genau, dass sie sterben würden, dass sie nicht einmal mehr fähig waren, sich dagegen aufzulehnen. Grauenhaft …

»Mein Gott, wie konnte es nur so weit kommen?«, murmelte Harold vor sich hin. »Was haben wir bloß gemacht?«

Der Anführer der Zwerge erklärte, auf welche Weise Ahriman seiner Ansicht nach herausgefunden hatte, wo sich die geheime Spielzeugfabrik des Weihnachtsmannes befand.

»Seine Männer haben den Briefwechsel zwischen den Kindern und dem Weihnachtsmann ausgenutzt.«

»Die Briefe, in denen die Kinder ihre Wünsche aufgeschrieben haben?«, fragte Gloria.

»Ja, Madam«, antwortete der Anführer. »Sie haben einen gefälschten Brief verfasst. Mit Hilfe irgendeines Tricks haben sie den Brief verfolgt und uns aufgespürt.

Kurz darauf kam es zu dem Überfall. Nachdem sie dich entführt hatten, Harold, haben sie alle unsere Maschinen zerstört und unser Dorf verwüstet. Wir konnten in letzter Minute vor ihnen fliehen, aber sie haben die fliegenden Rentiere gefangen genommen.«

»Und der Weihnachtsmann?«, fragte Gloria beunruhigt. »Wo befindet er sich im Augenblick?«

»Das weiß niemand«, erklärte Harold. »Er war an jenem Tag, als die schwarzen Männer kamen, nicht da.«

»Aber ohne uns wird er nie mehr auftauchen, dessen können Sie sicher sein, Madam«, klagte der Anführer.

Gloria hörte, wie die Zwerge hinter ihr weinten. Dass der Weihnachtsmann sie verlassen hatte, betrübte sie noch mehr als ihr naher Tod.

»Warum um alles in der Welt tut Baron Ahriman das alles?«, knurrte sie.

»Das ist die eigentliche Frage!«, brummte der Anführer ebenfalls vor sich hin. »Unglücklicherweise kennen wir die Antwort darauf nicht ...«

»Vielleicht einfach, weil er böse ist«, versetzte Harold.

Ein bedrücktes Schweigen breitete sich wieder in dem Versteck aus. Gloria dachte an Zoé, Harold an seine Freunde, und die Zwerge an die Tatsache, dass sie nie wieder schöne Spielsachen herstellen würden, um Kindern damit Freude zu bereiten.

Doch just in dem Augenblick, als sie vollends in schwarzen Gedanken versanken, tauchte in dem finsteren Raum erneut ein Lichtpunkt auf.

Er war zuerst kaum sichtbar, zog aber alsbald die Aufmerksamkeit aller auf sich.

»Ich dachte, ihr hättet kein Licht mehr?«, sagte Harold erstaunt.

»In der Tat«, bestätigte das Oberhaupt. »He, hat da jemand noch eine Kerze, ohne dass ich davon weiß?«

Aber niemand antwortete.

Das Licht leuchtete offenbar ebenso durch Zauberkraft wie das in der unheilvollen Hand von Baron Ahriman und wurde allmählich immer heller. Alle Zwerge wichen entsetzt zurück. Sie fürchteten die Rückkehr des Teufels. Doch dann zeichnete sich in der Mitte des Lichts eine andere Gestalt ab. Eine junge Frau.

Gloria stieß vor lauter Überraschung einen Schrei aus.

Soeben hatte sie Claire erkannt, die kleine Kammerzofe vom Collins Square 2!

»Bei allen Heiligen und Verdammten dieser Erde, was machst du hier unter uns, mein armes Kind?«, fragte sie sie in vorwurfsvollem Ton.

Das Mädchen verneinte mit einem kurzen Kopfschütteln.

»Ich bin nicht Claire.«

Wieder entwich Gloria ein Aufschrei der Überraschung. Die Stimme der Erscheinung glich nicht im Geringsten der Claires! Es war der Engel, der sie so harsch in ihrer Küche abgekanzelt hatte.

»Ich heiße Esclarmonde«, fuhr die Person an die Zwerge gewandt fort. »Ich bin ein Geist, der vorübergehend in die fleischliche Hülle von Claire geschlüpft ist. Ich bin gekommen, um den Baron zu überwachen und Gloria zu helfen.«

Esclarmondes zärtlicher und mitfühlender Blick ruhte auf den Zwergen.

»Sind Sie gekommen, um uns zu retten?«, wollte Harold wissen. »Können Sie uns denn hier herausholen?«

»Leider nein«, antwortete Esclarmonde. »Wie du weißt, Harold, dürfen die übernatürlichen Geschöpfe nicht mehr direkt in die Geschicke der Menschen eingreifen.«[1]

»Nun ja«, versuchte Gloria zu verhandeln, »rein anteilsmäßig betrachtet handelt es sich hier mehr um die Geschicke von Zwergen, oder? Sie können doch einfach so tun, als seien Harold und ich nicht hier, oder?«

»So einfach ist das nicht, Gloria. Letztes Jahr haben wir uns auf der Erde eingemischt …«

Sie sah Harold an. Er senkte den Blick.

»… und heute bezahlen wir den Preis dafür, weil wir Ahriman damit eine Gelegenheit zur Rückkehr gegeben haben. Wir werden nicht zweimal die gleiche Unvorsichtigkeit begehen. Es wird also kein direktes Eingreifen unsererseits geben.«

»Was dann?«, beharrte die Gouvernante. »Sollen wir hierbleiben und verdorren wie Aprikosen? Sie sehen mir ganz danach aus, als verfügten Sie über eine Menge Macht. Ich bin überzeugt, dass Sie uns mit einem Fingerschnipsen an die frische Luft befördern können!«

---

1 Siehe dazu das Kapitel »In dem es um das bedauerliche Verschwinden von Feen, Engeln und Kobolden in der modernen Gesellschaft geht«, in: *Der kleine Weihnachtsmann*.

Harold ergriff Glorias Hand, um sie zu beruhigen und ihr klarzumachen, dass sie zuhören mussten, was der Geist ihnen zu sagen hatte.

»Es ist mir verboten zu handeln«, wiederholte Esclarmonde, »wirklich. Allerdings könnt ihr euch selbst aus euer misslichen Lage befreien.«

»Und auf welche Weise?«, fragte das Oberhaupt.

Esclarmonde lächelte.

»Der Teufel bleibt immer der Teufel«, erwiderte sie und meinte damit freilich den Baron. »Er veranstaltet ein großes Brimborium, aber er lässt es an Sorgfalt missen. Zu unserem Glück begeht er Fehler, die ihn ständig am Erreichen seiner Ziele hindern. Auch heute hat er wieder, wie wir es von ihm gewohnt sind, übereilt gehandelt – aus reinem Spaß am Theaterdonner oder um besonders geistreich zu wirken. Er hat euch alle eingeschlossen und damit seine Eitelkeit befriedigt. Doch wenn er sich die Zeit genommen hätte, den Ort genauer zu untersuchen, dann hätte er das hier gefunden!«

Sie streckte ihren Arm aus und zeigte auf einen großen Haufen von Spitzhacken und Wachslichtern in einer Ecke.

»Aber das war doch vorhin gar nicht da!«, riefen die Zwerge.

»In der Tat«, antwortete Esclarmonde mit schelmischer Miene, »aber wie heißt es so schön bei den Menschen: Wo kein Zeuge ist, ist auch kein Kläger. Niemand kann mich beschuldigen, glaube ich. Nun ist es an euch, einen Ausgang freizuschaufeln.«

»Aber das wird ja eine Ewigkeit dauern!«, protestierte Gloria.

»Es wird so lange dauern wie nötig«, antwortete der Geist.

»Viel Glück, meine Freunde. Mehr kann ich nicht für euch tun.«

Daraufhin verschwand sie, nicht ohne diesen letzten rätselhaften Hinweis zu hinterlassen: »Wenn ihr könnt, begebt euch in das Städtchen Littlehampton in Sussex!«

Littlehampton?

Sogleich stürzten die Zwerge herbei, um die Lichter anzuzünden und mit den Aufräumarbeiten zu beginnen. Doch wie Gloria befürchtet hatte, erwies sich der Fels als hart und fest.

»Oh weh«, meinte sie, »wir sind noch lange nicht am Ziel!«

Kapitel 19

Die einen malen sich angesichts des Ozeans wunderbare Reisen aus, während die anderen darin nur die Seekrankheit sehen, die sie erwartet. Die einen stellen sich am Sternenhimmel ganze Welten voller Leben vor, während die anderen darin nur eine gähnende und stille Leere sehen. Jeder glaubt an das Unsichtbare gemäß seiner eigenen Natur

Drei Tage später, in denen Harold und Gloria ohne Essen und Trinken ausharren mussten, hatten die Zwerge einen Gang in den Felsen geschlagen, durch den sie wieder ins Freie auf der großen Blasketinsel gelangten. Sie mussten allerdings noch einige Extraschläge zugeben, um den Ausgang für Gloria Pickwick zu verbreitern.

Als endlich alle befreit waren, wurde die Frage laut: »Und was machen wir jetzt?«

Es war Harold, der die Marschrichtung vorgab.

»Wir müssen drei Dinge erledigen: Baron Ahriman stürzen, die fliegenden Rentiere finden und zum Nordpol zurückkehren, um das Dorf und die Spielzeugfabrik wiederaufzubauen und damit das Weihnachtsfest zu retten.«

Alle stimmten zu. Harold fuhr fort: »Wir sind zu viele. Tausend Zwerge können nicht durch Irland und England reisen, ohne aufzufallen und uns in Schwierigkeiten zu bringen. Ich schlage daher vor, dass die meisten von euch sich auf den Weg zum Nordpol machen und dort mit dem Wiederaufbau beginnen. Aber wählt einen neuen Ort aus und vor allem, baut das Ganze dieses Mal unterirdisch! Wir dürfen nicht mehr das Risiko eingehen, entdeckt zu werden. Nie mehr.«

»Ich bin ganz deiner Meinung«, sagte das Zwergenoberhaupt.

Es wurde beschlossen, dass nur zweihundert der tausend Zwerge bei Harold und Gloria bleiben sollten, um sich um Ahriman zu kümmern.

»Aber zweihundert, das ist immer noch viel zu viel«, protestierte die Gouvernante. »Der erste Mensch, der diese kleinen Gestalten mit den spitzen Ohren bemerkt, wird so laut schreien, dass man ihn von hier bis zum Buckingham-Palast hören wird!«

»Vielleicht, aber wir müssen dieses Risiko eingehen. Vergessen Sie nicht, Gloria, dass diese Zwerge aussehen wie Kinder. Wir müssen eben massenweise Kleider, Mützen und Kappen auftreiben, damit man sie mit kleinen Menschengeschöpfen verwechselt. Das ist unser einziges Mittel. Und was ihre Zahl angeht, so werden wir nie genug sein, um Baron Ahriman und seine Männer zu besiegen, wenn wir zum Collins Square zurückkehren und sie angreifen.«

Die Aussicht auf den Kampf mit dem Baron beflügelte Gloria. Sie rieb sich die Hände und erklärte: »Wir werden ihn zerkrümeln wie Löschpapier, den Herrn Baron!«

Dummerweise lag jedoch Eliot Does Flugmaschine in Trümmern und alle Gänse waren verschwunden. Vermutlich waren sie wegen Harolds und Glorias langer Abwesenheit zu dem Erzähler zurückgeflogen.

Die tausend Zwerge waren mit Hilfe einer selbst gebauten hölzernen Arche nach Irland gelangt. Doch Glorias zusätzliches Gewicht brachte dieses Schiff unversehens in große Seenot. Zum Glück suchte Harold Gui noch Hilfe bei anderen Freunden!

Er bat die Zwerge um eine Schraubenmutter. Man löste eine aus dem Schiffskiel. Dann zog er sich zurück und begann mit undurchdringlicher Miene einige mysteriöse Worte in die Außenseiten der Mutter zu ritzen.

»Verfasst du jetzt etwa dein Testament?«, scherzte Gloria. »In unserer Lage wird eine Flaschenpost wohl leichter gefunden, weißt du!«

Gloria sah wie gewöhnlich nirgends eine Gefahr. Sie gehörte zu diesen Menschen, die zur Furchtlosigkeit geboren sind. Sie war imstande, selbst einen bösartigen, Feuer spuckenden Drache noch wegen seiner schlecht geputzten Zähne zu rüffeln.

»Darum geht es nicht, Madam«, antwortete Harold. »Das ist eine Botschaft.«

»Eine Botschaft?«

Man muss dazu wissen, dass die Meeresgründe von dem bereits mehrfach erwähnten Großen Aufbruch der Zauberwesen verschont geblieben waren. Unter

Wasser lebten noch immer ganze Völkerscharen von vernunftbegabten Fabelwesen.

Harold warf seine Schraubenmutter in die Tiefe des Meeres …

… und seine Freunde antworteten ihm. Ein Mantel aus Gischt hob das Schiff der Zwerge auf seiner ganzen Überfahrt nach England empor. Zudem hüllte ein dichter Zaubernebel den Kahn ein und verbarg ihn vor den Blicken der Menschen an der Küste und auf den anderen Schiffen.

»Mir bleibt auch nichts erspart!«, sagte Gloria angesichts dieses neuerlichen Wunders.

»Erzählt mir noch einmal von den Rentieren«, bat Harold das Oberhaupt der Zwerge. »Was genau ist am Pol geschehen?«

»Ahrimans Männer haben sie aus dem Hinterhalt überfallen. Sie haben alle acht mit dem Lasso eingefangen und ihre Füße in Eisenketten gelegt, damit sie nicht mehr Anlauf nehmen und davonfliegen konnten.«

»Zum Teufel, sie wussten genau, was sie zu tun hatten!«

»Uns gelang es zu fliehen. Ich hatte allerdings einigen Zwergen befohlen, sie sollten zurückbleiben und heimlich beobachten, was die Angreifer mit den Rentieren sowie mit unseren Fabrikhallen anstellen würden. Die Rentiere wurden zum Südpol gebracht und an einen Mann verkauft, der offenbar bereits auf ihre Lieferung wartete.«

»Verkauft?«

»Ja. Es kam zu einem Handel, das ist gewiss. Der

Mann sah aus wie ein mit allen Wassern gewaschener Geschäftsmann. Er hatte einen großen Backenbart und eine Knollennase, beides ist so auffällig, dass man es nicht übersehen kann. Das ist alles, was ich über dieses Individuum weiß. Er ließ die Rentiere auf ein Handelsschiff bringen und verschwand.«

»Keine Ahnung, wohin es fuhr?«

»Nicht die geringste.«

Harold wusste nicht mehr weiter.

»Das wird nicht einfach werden!«

Schließlich stieß das in Nebel getauchte Schiff der Zwerge in einer menschenleeren Gegend nördlich von Portsmouth auf Festland. Harold und seine Freunde dankten den Bewohnern des Wassers, die wieder auf den Meeresgrund verschwanden, für ihre Hilfe. Wie vereinbart gingen Harold und Gloria mit zweihundert Zwergen an Land. Der Rest blieb an Bord des Schiffes, das sich auf den Weg zum Nordpol machte.

Gloria Pickwick hatte Geld bei sich, das sie aus den Ersparnissen für ihre Tochter Zoé entnommen hatte. Mit diesem Geld wurde nun erstens nach diesen Tagen erzwungener Genügsamkeit reichlich zu essen und zu trinken beschafft und zweitens für die Zwerge Tarnkleidung besorgt. Die zweite Aufgabe war nicht leicht zu erledigen, und unsere beiden Freunde brauchten mehr als fünf Tage, um in den umliegenden Dörfern zu verhandeln und die notwendigen Kleidungsstücke zusammenzubekommen.

Als das geschafft war, brachen sie auf. Die Zwerge waren in Gruppen von acht oder zehn unterwegs, und der Konvoi erstreckte sich über mehrere Stunden Entfernung, um nicht zu sehr aufzufallen. Die Zwerge hatten Anweisung, sich keinesfalls Menschen zu nähern sowie niemanden in ihre Nähe kommen zu lassen. Die größte Gefahr bestand darin, dass sie einem Mann oder einer Frau in die Augen blickten: Zwar verdeckten die Mützen und Schals einigermaßen die merkwürdigen Gesichter der Zwerge, doch nichts konnte das fehlende Weiß in ihren Augen genügend verbergen ... Und so mussten die Zwerge beim Gehen unablässig auf ihre Schuhe starren!

Harold machte sich wegen allem Sorgen. Ein Konvoi von Händlern, ein einsamer Bauernhof, ein Weiler ... alles schien ihm bedrohlich.

Gloria wiederum hatte es vor allem eilig, London zu erreichen, denn sie wollte ihre Tochter und die Balmours wiedersehen.

Dann aber ließ ein unvorhergesehenes Ereignis sie abrupt die Richtung ändern.

»Sehen Sie das, Madam Gloria?«

Harold wies an einer Landstraße auf ein Straßenschild. Darauf stand geschrieben: Littlehampton, Sussex.

»Ist das nicht dieses Littlehampton, von dem der Geist Esclarmonde gesprochen hat, bevor er aus der Höhle verschwand?«

»Meine Güte, es sieht mir ganz danach aus«, bestätigte Gloria.

»Sehen wir nach?«

»Und ob! Ich habe wirklich alle meine früheren Überzeugungen über Bord geworfen: Von nun an werde ich aufs Wort genau befolgen, was ein Geist, ein

Engel oder eine Fee mir sagt. Es leben die unsichtbaren Wesen!«

Die Zwerge nahmen Kurs auf Littlehampton und fragten sich, was sie wohl dort entdecken würden.

Wie immer in einem Märchen (wo sich die Dinge deutlich schneller entwickeln als in einem Roman) erhielten sie unverzüglich eine Antwort auf ihre Frage, und zwar in Form einer Werbetafel.

Sie verkündete die Ankunft des *Pelegrino Circus* in Littlehampton!

In der Mitte auf dem Plakat breitete ein Mann, der leicht an seinem Backenbart aus Schweineborsten und seiner verwelkten Knollennase erkennbar war, die Arme aus und lud die Bewohner ein, die sensationellen Attraktionen seiner Truppe zu bewundern.

»Das ist er!«, riefen diejenigen Zwerge, die den Verkauf der Tiere nach ihrer Entführung beobachtet hatten.

»Dann haben also Ahrimans Männer unsere fliegenden Rentiere an einen Wanderzirkus verkauft?«, empörte sich Harold.

Tatsächlich kündete eine rot-weiße Banderole vom Eintreffen einer absolut neuen Attraktion, einer weltweit einzigartigen Vorstellung, einer nie zuvor gesehenen Sensation mit der Bezeichnung: »Die schwebenden Elche«!

»Mein Gott!«, stöhnte Harold. »Die armen Rentiere … Ausgestellt wie Jahrmarktsattraktionen!«

»Wie herzlos kann man nur sein …«, klagte Gloria.

Sogleich beschleunigten alle ihre Schritte, um Littlehampton bald zu erreichen.

Rund um den Ort herrschte lautes Treiben. Der *Pelegrino Circus* hatte seine Wohnwägen und das große Vorführzelt auf einem Feld unweit der ersten Behausungen aufgestellt. Vor den Augen unserer Freunde wimmelte es von Tigern und Elefanten, Zwergen und akrobatischen Tänzerinnen, dressierten Hunden und Bären. Aus der Ferne konnte man die Tiere und Menschen, die zum Zirkus gehörten, ziemlich gut erkennen. Doch von den Rentieren keine Spur. Als Harold und Gloria sich dem Lager nähern wollten, um mehr herauszufinden, wurden sie von den Mitgliedern der Truppe grob angefahren.

»Hier gibt's keinen Eingang. Haut ab. Wenn ihr die Tiere sehen wollt, dann kauft euch doch eine Karte für die Vorstellung. Drei Pence pro Platz.«

Als sie sahen, dass sie eine Tracht Prügel riskierten, wenn sie sich noch länger stur stellten, beschlossen die Frau und der Junge, ihren Plan zu ändern.

»Wir müssen irgendwie an die Rentiere herankommen«, meinte Harold. »Sobald wir bei ihnen sind, können wir versuchen, sie zu befreien! Sie müssen uns doch erkennen.«

»Hmm … Diese Zirkushampelmänner wollen, dass wir uns eine Karte kaufen? Nun, wie sie wünschen, die werden staunen!«

Und damit begab sie sich unverzüglich zur Kasse.

»Zweihundertundzwei Karten, bitte schön«, verlangte sie mit todernster Miene.

Die Kassiererin brach in Gelächter aus. »Na so was! Und warum nicht zehntausend, wenn wir schon dabei sind?«

»Nein, nicht zehntausend, weil ich keine zehntausend Kinder bei mir habe, sondern zweihundert. Ich leite ein Waisenhaus einige Kilometer von hier, und wir sind den ganzen Vormittag seit Tagesanbruch in der Kälte gelaufen, um Ihre Attraktionen und Ihre berühmten schwebenden Elche zu sehen. Also: zweihundertzwei Tickets, bitte.«

Gloria hielt der verdutzten Kassiererin ihre Geldbörse unter die Nase.

»Aber … aber …«, stotterte sie. »Das ist das gesamte Fassungsvermögen unseres Zelts! Und für die Vorstellung heute Abend sind schon viele Karten verkauft worden!«

»Nun, dann organisieren Sie doch eine Sondervorstellung für meine Kleinen. Ich zahle bar.«

Sogleich ließ man den Direktor holen.

Nachdem dieser mit gierigem Blick Gloria Pickwicks Geldstücke gezählt hatte, rief er mit großem Pathos: »Aber selbstverständlich, Madam. Sofort, Madam. Ganz wie Sie wünschen, Madam. Wir sind ganz für Ihre Kinder da, Madam. Es ist mir eine Ehre, Madam. Ich sage meinen Leuten Bescheid, Madam. Treten Sie ein, Madam. Treten Sie ein!«

Und einen Augenblick später sauste er zu den Wohnwägen und schrie aus Leibeskräften: »In die Manege! In die Manege! Zusatzvorstellung! Alle in die Manege! Bewegt euch, ihr Faulsäcke!«

Die Zwerge traten mit gesenkten Köpfen in das Zelt.

»Die Bedingungen sind ideal für uns«, erklärte Gloria Harold. »Niemand kann uns aufhalten, sobald die Rentiere sich zeigen.«

»Ich hoffe es.«

Die Vorstellung begann. Die Zwerge waren ganz verblüfft und ließen sich so schnell von dem Spektakel bezaubern wie Kinder. Die Jongleure, die Feuerspucker und die Akrobaten entlockten ihnen Freudenschreie, bis sie beinahe vergaßen, weshalb sie eigentlich da waren.

Eine Tiernummer folgte auf die andere: Ein Seelöwe mit einem Ball, ein Tiger, der durch einen Reifen sprang, ein Ballett tanzender Elefant, ein Hund, der auf den Vorderpfoten lief … das Ganze untermalt von den Klängen eines kleinen Blasorchesters, einer großen Pauke und einer hellen Trommel, die im Einklang mit dem Publikum vibrierte. Die Darbietungen waren wahrhaftig fesselnd!

Dann kamen die Clowns.

Wie sich die Zwerge bei ihren vielen Dummheiten und ihren Purzelbäumen im Staub der Manege vor Lachen auf die Schenkel klopften! Selbst Gloria ließ sich von der ansteckenden Begeisterung mitreißen.

Jedenfalls bis zu dem Augenblick, als ein Clown die dumme Idee hatte, während einer Nummer den gesamten Inhalt eines Eimers Wasser über der Gouvernante der Balmours auszuleeren! Gewöhnlich brachte dieses scheinbare Versehen die Kinder am meisten zum Lachen, nun aber fand sich der Clown mit einem schrecklichen Schweigen und dem tödlichen Blick der von Kopf bis Fuß klatschnassen Gouvernante konfrontiert.

»Was ist denn? Ist das nicht lustig?«, murmelte der Clown verunsichert.

Auf der Suche nach einer Erklärung blickte er in die Zuschauerreihen, und in diesem Augenblick sah er die Ohren, die Nasen und die Augen eines Zwergs, der im Eifer der Begeisterung seine Mütze und seinen Schal hatte fallen lassen.

Der Clown wurde trotz seiner bunten Schminke weiß wie ein Leintuch, Entsetzen zeigte sich auf seiner Stirn, und er stieß einen furchtbaren Schrei aus. So schnell er konnte, rannte er ans andere Ende der Manege und hinter die Kulissen. Doch seine übergroßen Clownsschuhe behinderten ihn beim Laufen, und er fiel immer wieder hin, sodass er kaum vorwärtskam.

Die Zwerge lachten aus vollem Hals.

Indessen trat der Zirkusdirektor, erzürnt über die Flucht seines Clowns aus der Manege, als Conférencier vor die Zuschauer und verkündete lautstark die außergewöhnliche Attraktion seines Zirkus! Den Clou der Vorstellung. Eine Nummer, um die ihn jeder Zirkus auf der Welt beneidete.

»Lasst die Elche herein!«

Harold, Gloria und das gesamte Publikum erbebten.

Doch zunächst wurde erst mal ein großer Eisenkäfig in der Manege aufgestellt.

»Mist«, murmelte Harold. »Das kompliziert die Sache.«

Gloria überlegte und sagte dann: »Ich habe eine Idee.«

Sie wandte sich nach ein paar der Zwerge um und erklärte ihnen, was sie zu tun hätten. Etwa ein Dutzend von ihnen verließ daraufhin überstürzt das Zelt.

»Was haben Sie zu ihnen gesagt, Madam Gloria?«

»Sie sollen die Aufmerksamkeit der Schaulustigen auf sich lenken.«

Die Rentiere kamen herein.

Arme Tiere! Wohin waren das glänzende Haar, die hoheitsvolle Haltung, das märchenhafte Heldengebaren verschwunden, das wir an ihnen kannten? Heute glichen die fliegenden Rentiere eher gepeinigten Eseln. Sie sahen beinahe krank aus. Ihr Blick war leer, ihr Schritt langsam, von schweren Ketten behindert.

»Was für ein Bild des Jammers«, murmelte Harold.

Der Direktor betrat, mit einem Stock und einer Peitsche bewaffnet, zusammen mit den Tieren den Käfig.

»Sie brauchen keine Angst zu haben«, rief er in den Zuschauerraum, »niemand hat etwas zu befürchten. Dafür sorge ich schon.«

Er warf einen Blick zu den Kulissen. Zwei mit Jagdgewehren bewaffnete Männer hielten dort Wache.

»Gut«, knurrte Gloria, »lassen wir ihnen nicht zu viel Zeit. Gib dich zu erkennen, Harold, dann rennen wir alle zusammen los!«

Harold war aufs Höchste besorgt, willigte jedoch ein. Er stieg auf seinen Stuhl.

»Dasher! Dasher!«, schrie er.

Das war der Name des Leittiers der Rentiere. Es spitzte die Ohren, ohne recht daran zu glauben, und erblickte plötzlich Harolds Gesicht. Die acht Rentiere setzten sich alle gleichzeitig in Bewegung.

Ohne etwas zu begreifen, drosch der Direktor wie besinnungslos mit der Peitsche auf sie ein, um sie in Zaum zu halten. Das war nun zu viel für die Zwerge. So wie eine Menschenmenge manchmal den Hauptplatz einer Stadt im Sturm erobert, stürzten sie in die Manege hinab! Sie waren dünn genug, um sich zwischen den Gitterstäben des Käfigs hindurchzuschieben. Ein paar andere folgten Gloria, die zu den Kulissen hinunterrannte und jeden der bewaffneten Männer mit einem Fausthieb niederschlug. Harold öffnete die Tür des Gitterkäfigs, sodass die Rentiere sich befreien konnten, während der Direktor sich unter der Last zahlreicher Zwerge am Boden wand, die ihn an den Ohren zogen, ihn in die Nase zwickten und in die Waden bissen.

Die zweihundert Winzlinge veranstalteten einen solchen Lärm und so viel Aufruhr, dass die Mitglieder der Truppe vor Angst zu ihren Wohnwägen rannten; und diejenigen, die blieben, wurden ihrerseits in den Käfig gesperrt!

Den Schlüssel für die Ketten, die die Füße der Rentiere fesselten, fand man bei dem Direktor in seinen Taschen.

»Lasst uns fliehen!«, befahl Gloria.

Gesagt, getan.

Der Junge und die Frau kletterten geschwind auf eines der Rentiere und die Zwerge klammerten sich in Trauben an die sieben anderen.

Der Abflug der Rentiere war sensationell! Die wiedergewonnene Freiheit vervielfachte ihre Kräfte.

»Vergessen wir nicht die restlichen Zwerge!«, warnte Gloria.

Alle kehrten noch mal zum Zirkus zurück, um die zehn Zwerge aufzusammeln, die das Zelt vorzeitig verlassen hatten.

Diese hatten einen Heuboden im Dorf in Brand gesetzt und ganz Littlehampton war dorthin geeilt, um die Flammen zu löschen. Dadurch hatte nämlich niemand den fantastischen Abflug unserer Freunde bemerkt!

Die Zwerge verstanden die Sprache der Rentiere (so wie die fast aller Tiere), und als Dasher, der Anführer, fragte: »Wohin fliegen wir?«, ließen Harold und Gloria antworten: »Nach London.«

So ist es, geschätzter Leser, wir kehren nun nach London zurück!

Kapitel 20

Was ist Harmonie schon wert im Vergleich zum Leiden eines Kindes?

Stellen Sie sich ein ärmliches Haus in Lexington Inn vor, einem Dorf zwölf Meilen vom Stadtzentrum entfernt. In der vorhergehenden Nacht hatte es geschneit, und durch die Löcher im Dach waren die Flocken in die bescheidene, eiskalte Unterkunft eingedrungen.

Dort hatte Gloria Pickwick früher mit ihrem Ehemann Newman gewohnt, bevor sein Beruf als Schornsteinfegermeister ihn gezwungen hatte, nach London zu ziehen. Aber Gloria hatte sich immer geweigert, dieses Haus zu verkaufen.

»Mit ein bisschen Geld richten wir es für unsere alten Tage her, es wird ein wunderbarer Wohnsitz fürs Alter sein!«, sagte sie voraus. Und dann kam Zoé zur Welt, und dann war Newman gestorben ... und Gloria kehrte nie hierher zurück, denn sie war ganz und gar mit ihrer Arbeit bei den Balmours beschäftigt.

Durch einen grausamen Schicksalsschlag (über dessen Irrungen und Wirrungen unsere Leser bestens informiert sind) war die Adresse inzwischen erneut bewohnt, aber von den Balmours selbst und ihren Kindern!

Nach Glorias Aufbruch im Gefolge des kleinen Harold war es für ihre Herrschaft noch schlimmer bergab gegangen. Die Prophezeiungen des Barons Ahriman bewahrheiteten sich unerbittlich.

Binnen weniger Tage hatte der Lord mit seinen Investitionen vollständigen Bankrott erlitten. Ehemals reich war Lord Balmour nun zum erbärmlichsten Schuldner zahlreicher Finanzhäuser herabgesunken. Er besaß keine Mittel mehr, um diese Forderungen zu erfüllen, und niemand, kein Freund und kein Kollege hatte sich anerboten und ihm in dieser schwierigen Lage beigestanden. Zudem erholte er sich gar nicht mehr und musste schließlich (auf einer aus einem Hospiz entliehenen Trage!) seinen prachtvollen Wohnsitz am Collins Square Nummer 6 verlassen, der auf der Stelle von der Kanzlei des unseligen Notars Alois Pepper versteigert wurde. Meredith Balmours Schmuck sowie ihre kostbaren Roben wurden beschlagnahmt, die Stilmöbel des Hauses verschwanden wie durch Zauberei unter dem Stab der Gerichtsvollzieher.

Da die armen Balmours keinen Zufluchtsort mehr hatten und außerdem vor den Nachstellungen ihrer Gläubiger auf der Flucht waren, nahmen sie dankbar Glorias Angebot an. Diese hatte in dem langen Brief an Meredith vor ihrem Aufbruch auf die Existenz dieser baufälligen Bleibe vor den Toren Londons hingewiesen, in die sie sich flüchten konnten. Angesichts des besorgniserregenden Zustands des Lords beschloss man, keine weiten Reisen zu unternehmen, und so fanden sich alle in Lexington Inn wieder.

Meredith Balmour wurde eine neue Gloria Pickwick; sie opferte sich rückhaltlos auf, um das Los ihrer Familie und das von Zoé zu verbessern. Sie ging in ihrer Aufopferung so weit, dass sie sich für ein paar Pence bei den Waschfrauen verdingte, nächtelang Tischdeckchen ausbesserte oder alten bourgeoisen Lüstlingen vorlas, die nichts anderes im Sinn hatten, als sie zu verführen, und dabei glaubten, sie hätten es mit einem armen Ding vom Land zu tun, das ihnen auf Gedeih und Verderb ausgeliefert war. Wenn sie gewusst hätten! Die Frau von Lord Davy Balmour! Aber sie sagte nichts, protestierte nicht, klagte nie: Sie wirkte Wunder für die Ihren, und das war alles, was zählte.

»Eins nach dem anderen«, sagte sie.

Zoé und die drei Kinder der Balmours mühten sich ab, um die Mauern und das Dach ihrer Herberge abzudichten, und eines von ihnen nahm einen Fußmarsch von beinahe acht Meilen hin und zurück in der Kälte auf sich und besorgte bei einer Wundheilerin Heilkräuter, die Lord Balmours Gesundheit wiederherstellen sollten.

Ein wahrlich trauriges Leben. Eine brutale Veränderung für die Kinder.

Doch da die Balmours einfache und wahrhafte Menschen waren, litten sie weniger, als andere in ihrer Stellung es in der gleichen Situation getan hätten.

Aus ihrem Anwesen am Collins Square hatten sie nichts mitnehmen können außer einigen Märchen von Andersen und Eliot Doe, zwischen deren Seiten

Zoé und die Kinder die kostbaren Briefe Glorias gesteckt hatten. Jeden Abend lasen sie ein Märchen oder einen Brief vor; um die Wahrheit zu sagen, verströmten beide die gleiche tröstliche Magie … Sprach nicht auch die Gouvernante von Zwergen und von Reisen über den Wolken?

Dann aber starb Davy Balmour, obschon einige positive Anzeichen seine Frau und die Kinder wieder hatten Hoffnung schöpfen lassen.

Alle Anstrengungen, alle Stärkungsmittel, alle Gebete waren vergeblich gewesen. An diesem traurigen Morgen des 31. Januar kehrten Meredith, Katherine, Emily, Robert und Zoé vom Armengrab in Lexington Inn zurück, wo der gute Lord nach zwei oder drei hastigen Schlenkern des Weihwedels (den Zuschlag für »große Kälte«, den der Pastor für die Begräbniszeremonie verlangt hatte, hatte Meredith nicht aufbringen können) diese Welt verlassen hatte, um sich mit seinen Ahnen und den Maden zusammenzutun.

Alle betraten schweigend das Haus.

Der Gesundheitszustand der Kinder verschlechterte sich immer weiter: Katherine begann zu erblinden, Emily fielen die Zähne aus, Robert litt an unerträglichen Migräneanfällen, und Zoé machte sich Sorgen wegen den von Tag zu Tag immer heftiger pfeifenden Geräuschen in ihrer Atmung.

Meredith hatte immer stärkere Rückenschmerzen, sodass sie bald nicht mehr würde arbeiten können.

Seit Wochen waren alle davon überzeugt, dass ein Fluch auf ihnen lastete; nichts sonst konnte all die

Schicksalsschläge erklären, die mit solcher Gewalt auf sie niederprasselten.

Als sie eines Abends wieder über diesen ungerechten Fluch sprachen, ging plötzlich die Tür auf und Gloria Pickwick kam herein!

»Mama!«, schrie Zoé.

»Gloria!«, schrien die Balmour-Kinder.

»Mrs Pickwick!«, schrie Meredith.

Bei all ihrem Glücksgefühl darüber, dass sie wieder mit all den Ihren vereint war, runzelte Gloria doch die Stirn und fragte beunruhigt: »Aber wo ist Lord Balmour?«

Kapitel 21

In dem Benjamin Franklin und Jack Black ihre Talente im Dienst von Glorias und Harolds Sache vereinen

Wie aber stellt man es an, den Teufel zu stürzen? Der kleine Harold Gui – der darüber weit mehr weiß, als er zugibt – hob den Kopf, um den ersten Satz dieses Kapitels zu lesen, und sagte zu Gloria und zu den Zwergen: »Ach ja, stimmt, wie stellen wir es an?«

Unsere kleine Truppe war vor einigen Tagen in London angekommen. Die Rentiere hatten sie nachts auf den Dächern von Mayfair abgesetzt, ohne dass jemand diesen unerhörten Luftverkehr bemerkt hätte. Die vielen Zwerge hatten fürs Erste auf dem Dachboden eines Geschäfts für Damenbekleidung Unterschlupf gefunden, das gerade renoviert wurde und sich nicht weit vom Collins Square 6b befand, wo der Baron wohnte.

An diesem Tag wurde der erste »Kriegsrat« abgehalten.

»Wir haben es hier immerhin mit dem Teufel zu tun!«, sagte der Junge mit Nachdruck.

»Es ist zwecklos, sich auf die Polizei oder die Öffentlichkeit zu verlassen«, meinte Gloria. »Ahriman würde sie in Angst und Schrecken versetzen oder aber verführen wie im Mittelalter.«

Einer der beiden Zwerge, die Harold bis zur Hütte auf dem Felssporn des Dichters Eliot Doe begleitet hatten, genauer gesagt derjenige, der längere Zeit in dem Zauberbuch aus grauer Vorzeit geblättert hatte, ergriff das Wort.

»Ich hoffte, in den Seiten dieses Zauberbuchs einen Zauberspruch zu finden, der es möglich macht, einer solchen Gestalt die Stirn zu bieten, aber ich hatte nicht genug Zeit. Die einzige Stelle, die ich finden konnte, besagte, dass man in Gegenwart des Teufels oder eines Dämons handeln müsse ›wie Jupiter‹.«

Harold und Gloria runzelten die Stirn.

»Wie Jupiter?«, wiederholten sie. »Der Gott der Antike?«

»Ja.«

»Das hört sich ziemlich vage an«, fügte die Gouvernante hinzu.

»Sonst hast du nichts herausgefunden?«

Der Zwerg zuckte mit den Schultern.

»Jupiter war der höchste Gott«, führte er aus. »Meines Wissens war sein auffälligstes Merkmal, dass er den Blitz beherrschte. Ob es da vielleicht eine Verbindung gibt?«

»Den Blitz?«, rief Gloria aus.

Dem aufmerksamen Leser wird trotz der vielfachen Wendungen dieser Geschichte nicht entgangen sein, dass der geistige Vater unserer Freundin Gloria niemand anders als Benjamin Franklin war. Der große Erfinder des Blitzableiters!

»Das würde bedeuten«, versuchte Harold nachzuvollziehen, »dass der Blitz für Dämonen schädlich ist? Vielleicht sogar, dass man sie damit vernichten kann? Was auch Jupiters Vorherrschaft über die anderen Götter erklären würde: Er hatte die absolute Macht über die Geschöpfe des Bösen!«

»In diesem Fall, meine Freunde«, sagte Gloria, und rieb sich dabei schon die Hände, »könnt ihr euer Schicksal vertrauensvoll in Mama Pickwicks Hände legen! Wenn es darum geht, den Blitz umzuleiten, damit er auf Collins Square Nummer 6b einschlägt, dann werden sich meine Kenntnisse der Arbeiten des hervorragenden Benjamin Franklin bestimmt als nützlich erweisen. Ich werde euch Teufel und Dämonen am Spieß gebraten servieren! Und nun ans Werk!«

Man tat, wie Gloria geheißen hatte.

Diese Dame von bescheidener Herkunft war deshalb so gut über den Stand der Forschung über Blitzableiter informiert, weil sie als gute Ehefrau mehr als einmal um das Leben ihres Mannes Newman gebangt hatte, der seine Zeit auch bei heftigen Gewittern auf den Dächern verbrachte. Dass Kaminkehrer durch Blitzschlag starben kam zwar an und für sich nicht häufig vor (ein oder zwei Fälle pro Jahr im Königreich), aber es war besser, sich damit auszukennen, wie Gloria betonte!

Im Schutz der Nacht und in aller Stille brachten unsere Freunde auf dem höchsten Kamin der Nummer 6b eine lange Eisenspitze an. Doch anstatt sie mit nicht leitenden Teilen zu verbinden, ließen sie sie unverändert zurück. So würde der Strom direkt in Ahrimans Haus fließen!

Dann warteten sie auf das passende Gewitter.

Sie mussten sich nicht lange gedulden. Die dritte Nacht wurde zu einem Licht-Ton-Spektakel erster Güte: Nicht weniger als sechzig Blitze fuhren brutal auf die Nummer 6b nieder. In manchen Augenblicken kam man sich vor wie am helllichten Tag. Bei jedem Einschlag, der durch den einzigen Blitzableiter an Ort und Stelle unweigerlich in dieses Viertel gelenkt wurde, mussten Harold, Gloria und die Zwerge einen Freudenschrei unterdrücken.

Doch nun gut, leider war die Wirkung letzten Endes null. Absolut null!

Am nächsten Tag waren die Bewohner des Hauses von Baron Ahriman nämlich bei bester Gesundheit.

»Na ja«, meinte Gloria. »In Sachen Jupiter müssen wir wohl nachsitzen, glaube ich!«

Folglich griffen sie auf weniger spektakuläre, aber erwiesenermaßen erprobte Methoden zurück.

Die Zwerge deponierten heimlich Knoblauchzehen in Ahrimans Gemächern, rund um das Haus wurden Kruzifixe gemalt oder eingeritzt in der Hoffnung, man könnte die Teufel dadurch vom Verlassen der Nummer 6b abhalten. Doch nichts von alldem funktionierte. Gloria ließ einen berühmten Exorzisten aus dem Londoner Norden herbeirufen, doch kaum hatte er seine Hand auf die Türklinke von Ahrimans Haus gelegt, da verspürte der Priester eine Art elektrische Ladung, die ihm das Rückgrat hinauffuhr, seine Haare fielen mit einem Schlag aus, und Ströme von Blut flossen aus seinen Nasenlöchern.

Es erübrigt sich hinzuzufügen, liebe Leser, dass dieser Exorzist bis zum heutigen Tag sein Unwesen treibt …!

Unsere Freunde erlebten eine Niederlage nach der anderen.

Der einzige Sieg, über den sie sich freuen konnten, war, dass sie nach wie vor noch nicht entdeckt worden waren.

Doch während Harold den bedauernswerten Mangel an guten Ideen in den Reihen seiner Freunde beklagte, beobachtete er die Raben, die in unregelmäßigen Abständen um den Wohnsitz des Barons schwirrten.

»Die Raben!«

Mehr als einmal hatte ihm ein Freund namens Farlow in seiner Jugend Geschichten erzählt, in denen behauptet wurde, dass die Teufel und Dämonen böse Geister waren, die die Gestalt von Menschen oder Tieren annehmen mussten, um in unserer Welt ihr Unwesen treiben zu können. Und dass sie in dem Moment, in dem sie vorübergehend eine körperliche Gestalt annahmen, am verletzlichsten waren!

»Die Raben!«, wiederholte der Junge. »In dieser Gestalt verlassen die Dämonen, die unter dem Dach von Baron Ahriman wohnen, Collins Square und gehen ihren unheilvollen Beschäftigungen nach. Nur dank dieser äußeren Hülle können sie sich tagsüber fortbewegen. Wenn wir Baron Ahriman nicht direkt angreifen können, dann lasst uns damit anfangen, dass wir ihm die Verbündeten wegnehmen, die ihm am nächsten stehen.«

»Eine tolle Idee. Wie gedenkst du das anzustellen?«, wollte Gloria wissen.

Harold lächelte.

»Ich hab da so eine Idee.«

Und damit machte er sich alleine auf den Weg und durchstreifte die Straßen Londons. Er ließ die schönen Viertel hinter sich und begab sich in dunkle Gassen von schlechtem Ruf, in Stadtteile, bei denen die Bobbys zweimal überlegten, bevor sie ihre Deckung verließen.

Harold ging in eine solche Kaschemme.

Die Anwesenheit eines Kindes in diesem verräucherten Loch schockierte in dieser Gegend niemanden wirklich. Wo es weder Sitten noch Moral mehr gab, da nahm man auch auf Kinder kaum Rücksicht.

Er fragte immer wieder: »Wo kann ich Jack Black finden?«

Jack Black!

Ein Held.

Ein Achilles, ein Robin Hood, ein hehres Ideal für die Kinder dieser Zeit.

Jedes Mal erhielt Harold nur eine vage Antwort.

»Treib dich am besten mal bei den Abfällen herum …« oder »Schau bei den Mülltonnen …« oder »Geh dahin, wo es stinkt!«

Und so weiter.

Alle Welt kannte Jack Black, aber nur wenige hatten ihn je leibhaftig gesehen. Auf der Suche nach dieser

Londoner Legende lief unser kleiner Freund von Spelunke zu Spelunke, von einer übel riechenden Gasse zur nächsten.

»Er muss sich doch irgendwo verstecken!«

Kinder zeigten ihm Orte, wo sich Jack Black in letzter Zeit hatte blicken lassen. Harold folgte ihren Hinweisen und fand schließlich einen zerbrochenen Pfeil auf dem Straßenpflaster.

»Ein Pfeil? Das ist ein Zeichen dafür, dass ich mich nicht irre. Ich bin auf der richtigen Spur!«

Eine Ratte.

Sie war richtig fett und kräftig, ihre Schnauze war richtig schwarz, ihr Schwanz richtig rosa und lang. Sie war gerade aus einer Tonne gekrochen, die zuvor geräucherte Heringe enthalten hatte.

Harold machte sich sogleich an ihre Verfolgung. Er kletterte über Abfalltonnen und auf dem Gehsteig verteilte Berge von Unrat, um seine Beute nicht aus den Augen zu verlieren.

Da plötzlich hörte er ein Pfeifen. Doch es kam nicht von den geschickten Lippen eines Straßenkinds: Es war vielmehr das Surren eines Pfeils, der von einem Bogen abgeschossen worden war. Er durchbohrte den Nager von vorn bis hinten, mitten im Lauf.

Harold drehte sich in die Richtung um, aus der der Schuss gekommen war.

Auf den Häuserdächern erblickte er die Umrisse eines Jungen, der sich zwischen zwei eisernen Dachrinnen abstützte. Die Sonne, die im Gegenlicht auf ihn schien, machte seine Gesichtszüge unkenntlich. Das Einzige, was Harold mit einem Blick erfasste, waren sein gestreckter Arm, der Schatten eines Bogenköchers über der Schulter und die Körperhaltung eines kleinen Wilhelm Tells.

Doch die Gestalt verschwand mit einem Sprung auf die andere Dachseite.

»Jack Black!«, schrie Harold da. »Jack Black, warte.«

Und er sprang ebenfalls los und flitzte um die Ecke, um seinen Helden wiederzufinden.

Aber der Rattentöter war schon verschwunden.

Der *Rattentöter*?, werden Sie mich jetzt fragen.

Ja, genau um den handelte es sich!

In diesen Zeiten (denen man wirklich nicht nachtrauern sollte) gab es für Kinder, die sich alleine und ohne Ausbildung durchschlugen, nur sehr wenige Berufe, mit denen sie sich innerhalb des engen Rahmens des gesetzlich Erlaubten ihren Lebensunterhalt verdienen konnten. Sie konnten als Zeitungs- oder Streichholzverkäufer an den Kreuzungen arbeiten, als Milchlieferanten, als kleine Schornsteinfeger, als Hilfsarbeiter in den Fabriken von Manchester oder als Schiffsjungen auf einem Handelsfrachter. Abgesehen davon trieb der Kampf ums Überleben sie jedoch im Allgemeinen eher dazu, zu stehlen, zu lügen, sich zu prügeln und zum Gehilfen eines skrupellosen Erwachsenen zu werden.

Das war bei Jack Black nicht der Fall. Die meisten englischen Städte litten unter einer fatalen und permanenten Invasion von Ratten. Nach vielen gescheiterten Versuchen hatten die Stadtväter zum letzten Mittel gegriffen, um dieses grassierende Übel einzudämmen, und die Straßenkinder aufgefordert, alle

Nagetiere zu töten, die ihnen unter die Augen kamen. Als Lohn für ihre Anstrengungen erhielten sie von der Stadtverwaltung eine bescheidene Summe entsprechend der Anzahl und dem Gewicht der Ratten, die sie als Beweis mitbrachten.

In diesem eigenartigen Beruf hatte es Jack Black zum begabtesten, stärksten und von Groß und Klein meistgerühmten Jäger gebracht. Sein Ruf reichte weit über London hinaus ins ganze Land, ja in alle Nationen des Kontinents. Es hieß, er sei so geschickt, dass er mit einem einzigen Pfeil zwei oder drei Ratten auf einmal aufspießen konnte, ein kleines Tier noch in Dutzenden von Metern Entfernung traf und seine Pfeile selbst in die schwierigsten Winkel für einen Bogenschützen lenken konnte. Als sich dazu noch das Gerücht verbreitete, Jack Black würde die beträchtlichen Einnahmen, die er von der Stadtverwaltung bezog, unter den armen und kranken Kindern verteilen, wurde der Junge zu einem regelrechten Mythos. Seine Großzügigkeit à la Robin Hood verlieh ihm ein für alle Mal den Nimbus eines Helden!

Doch Jack Black war verschwunden.

Keine Spur von dem tapferen Schützen mehr.

Da beschloss Harold, es mit einer List zu versuchen. Er machte kehrt und versteckte sich unauffällig in der Nähe der getöteten Ratte.

»Dieser Nager ist ein dicker Brocken«, dachte er, »Jack Black wird zurückkommen und ihn holen.«

Harold, dieser neue Odysseus, hatte richtig kalkuliert. Nachdem Jack Black vermutlich einem guten Dutzend Artgenossen des Nagetiers, das gerade vor den Augen unseres Freundes kalt wurde, den Garaus gemacht hatte, kehrte er zurück, um seine Beute in einen Sack zu stecken.

In diesem Augenblick trat Harold aus seinem Versteck hervor.

»Jack Black!«, rief er. »Ich muss mit dir sprechen.«

Aber der Held fuhr erschrocken hoch und runzelte die Brauen. Ganz offensichtlich schätzte er es nicht, so überfallen zu werden. Unverzüglich und ohne Harold zu antworten schickte er sich an zu verschwinden.

»Warte«, schrie der ihm nach. »Warte doch!«

Und Harold fand die richtigen Worte, um den Fliehenden innehalten zu lassen.

»Ich weiß, dass du dem Weihnachtsmann einen Brief geschickt und ihn um einen Satz Bleisoldaten gebeten hast! Ich kann dir erklären, warum er dieses Jahr nicht auf deine Bitte geantwortet hat! Du musst mir helfen, bitte!«

Jack Black erstarrte. Zum Teufel! Er hatte mit niemandem über diese Geschichte mit den Bleisoldaten gesprochen! Wer war dieser Junge, der ihn so anredete?

Der Bogenschütze war dreizehn oder vierzehn Jahre alt, aber er sah aus wie neun oder zehn. Er hatte lange schwarze Haare, die im Nacken von einem weißen Band zusammengehalten wurden, und trug eine Reihe von Ketten aus Muscheln und kleinen Steinen um den Hals, die ihm die Kinder geschenkt hatten, denen er geholfen hatte. Er hatte große blaue Augen und ähnelte dank seiner spitzen Nase einem Holzspielzeug. Seine Kleidung war zerlumpt, und dennoch schien er rundum glücklich zu sein. Sein Leben war ein ewiges Spiel.

Er machte kehrt und baute sich vor Harold auf.

»Woher weißt du das?«

»Das mit den Soldaten? Ich erklär es dir. Das ist eine lange Geschichte. Zuerst einmal, hör mir zu: Du musst mir helfen …«

»Ich? Aber ich töte Ratten, das ist alles. Etwas anderes kann ich nicht.«

»Ja … ich weiß. Aber … hast du nie daran gedacht, das Gleiche mit … Raben zu tun?«

Kapitel 22

In dem Gloria für verrückt erklärt wird

Harolds Plan war einfach: Man musste alle Raben töten, die über London hinwegflogen und womöglich die unheilvolle Seele eines Agenten von Baron Ahriman in sich trugen.

Ja, ich weiß, lieber Leser, ich höre schon deine Vorwürfe in meinen Ohren klingen: Diese Methode zeugt weder von Barmherzigkeit noch von Gerechtigkeit, wenn man bedenkt, dass eine Vielzahl unschuldiger Raben dabei grundlos ihr Leben lassen würden. Aber wenn die Zeit drängt und Aufregung herrscht, dann gilt in bestimmten Situationen der Spruch: Der Zweck heiligt die Mittel!

Kurzum, Harold erklärte Jack Black, was es mit Ahriman, Gloria und den tausend Zwergen auf sich hatte. Der junge Bogenschütze sagte seine Unterstützung zu. Er berief eine Versammlung von etwa dreißig weiteren »Rattenvertilgern« ein, und wie elektrisiert von Glorias Versprechen, sie würde ihre restlichen Ersparnisse für jeden abgeschossenen Raben verteilen, bliesen sie zur großen Jagd in allen Vierteln der Stadt.

Die Schützen postierten sich auf Kirchen und auf Fabrikschornsteinen oder duckten sich zwischen Parkbäume, und mit einem Mal konnte kein einziger Vogel mit schwarzem Gefieder mehr in Ruhe umherstreifen.

Alle, die sich aus Baron Ahrimans Haus in die Lüfte schwangen, fielen unweigerlich wenige Straßen hinter Collins Square einem Kreuzfeuer zum Opfer.

Die Überwachung war lückenlos, auch und vor allem des Nachts!

Die Raben, die in Ordnung waren, stießen einen unverkennbaren Schrei aus, wenn sie von einem Pfeil getroffen wurden. Diejenigen hingegen, die einen Dämon Ahrimans in sich trugen, gaben im Augenblick des Todes ein sehr beunruhigendes Brüllen von sich ... So wussten Jack Black und seine Freunde, wann sie ins Schwarze getroffen hatten.

Die Folgen dieser Razzia machten sich alsbald bemerkbar, wenn man den täglichen Berichten der Londoner Polizei glauben darf: Die Zahl der Diebstähle und Körperverletzungen ging Schritt für Schritt zurück und näherte sich wieder dem Durchschnittswert, den sie vor dem Frühling erreicht hatte ...

»Aber auch wenn wir einmal annehmen, dass das Baron Ahriman schwächt«, sagte Gloria zu Harold, »so müssen wir immer noch herausfinden, wie wir ihn *selbst* zu fassen bekommen!«

In diesem Moment mischte sich Zoé Pickwick ein und stellte eine sehr intelligente Frage: »Was hatten eigentlich all die Zwerge auf der Blasketinsel vor? Warum waren sie bei eurer Ankunft noch dort? Sollten sie diese Welt nicht endgültig verlassen? Und auf welche Weise?«

Sogleich ließ man einen Zwerg herbeirufen, damit er sie aufklärte.

»Wir haben auf die Fee Dora gewartet«, erläuterte er.

»Die Fee Dora?«, wiederholte Gloria. »Wer ist das?«

»Die Dame, die den Vorsitz über die Welt führt, in die wir ins Exil fliehen mussten. Sie hatte uns gebeten, wir sollten uns genau dort auf der Insel einfinden, und behauptet, sie würde erscheinen, um uns weit weg von diesem Planeten zu bringen.«

»Und sie ist nicht gekommen?«

»Nein, aber wir vertrauten ihr, wir mussten nur warten. Und dann seid ihr gekommen …«

Die Fee Dora?

Der bloße Name beschwor allein schon jede Menge von Ideen und Gedanken in Glorias Kopf herauf.

»Eine Fee? Genau! Diese Zauberin muss uns jetzt zu Hilfe kommen«, verkündete sie. »Das ist offensichtlich. Wir können nichts gegen den Teufel direkt ausrichten, gegen Ahriman. Sie dagegen muss über Mittel und Mächte verfügen, um einem Schurken von seinem Schlag beizukommen! Wir können uns um die Raben kümmern, aber beim großen Bösewicht muss uns jemand zu Hilfe kommen!«

»Aber wie sollen wir sie dazu überreden? Und vor allem, wie sollen wir mit ihr in Kontakt treten?«, wandte Harold ein.

»Aber Harold, nichts leichter als das!«, antwortete die Gouvernante mit einem breiten Lächeln.

***

Sie begab sich umgehend zum Collins Square und in das Haus von Sir und Lady Lipka. Es gelang ihr, unbemerkt in das Stockwerk mit den Dienstbotenkammern zu gelangen, und sie betrat das Zimmer des jungen Dienstmädchens Claire.

»Sie hier, in London, Madam Gloria?«, rief das Mädchen überrascht aus. »Erzählen Sie mir schnell! Wie geht es Ihnen? Wo ist der kleine Harold?«

»Schweig, Claire, schweig!«

Claire verstummte.

»Du wirst mir jetzt aufmerksam zuhören«, sagte Pickwick zu ihr. »Auch wenn du kein Wort von dem, was ich dir erzähle, verstehst. Begnüge dich damit, genau auf meine Worte zu hören.«

»Ja, Madam Gloria.«

Unsere Freundin vergewisserte sich, dass sie niemand belauschte.

»Von nun an werde ich dich siezen. Zum letzten Mal, frag mich nicht, warum, es würde zu lange dauern, dir alles zu erklären.«

»Sie werden mich siezen? Schön, Madam Gloria.«

Die Frau atmete tief ein und sagte dann mit einer seltsam respektvollen Stimme: »Zunächst einmal möchte ich Ihnen für Ihr großherziges Eingreifen in der Höhle auf der irischen Insel danken.«

Claires Gesicht wurde bleich.

»Was? Was sagen Sie da, Madam Gloria? Was für eine Höhle? Was habe ich getan?«

Gloria stampfte mit dem Fuß auf.

»Habe ich dir nicht gesagt, du sollst still sein? Ich verlange weder von dir, dass du mir antwortest, noch dass du den Sinn meiner Worte verstehst. Du hörst mir zu, Punkt, das ist alles.«

»Gut. Gut. Ich höre Ihnen zu.«

»Ich fahre also fort«, sagte Gloria, unwillig über die Unterbrechung. »Ich danke Ihnen auch für die Spitzhacken und für die Lichter; wie Sie sehen, ist es uns und den Zwergen gelungen, mit heiler Haut davonzukommen.«

Die junge Claire fragte sich, ob Gloria nicht vollkommen den Verstand verloren hatte. Die nachfolgenden Worte sollten sie noch weiter in diesem Gefühl bestärken.

»Und wie Sie sicher bereits wissen, hat uns Ihr Hinweis auf Littlehampton zum *Pelegrino Circus* geführt. Die fliegenden Rentiere sind befreit.«

Nun war Claire endgültig davon überzeugt, dass Gloria verrückt geworden war. Zwerge? Ein Zirkus? Fliegende Rentiere?

»Dennoch«, fuhr die Gouvernante fort, »brauchen wir noch einmal Ihre Hilfe, liebe Dame.«

»Meine Hilfe?«, konnte sich die junge Frau nicht verkneifen. Doch Gloria warf ihr einen derart bösen Blick zu, dass Claire beschloss, nicht wieder den Mund aufzumachen.

»Also«, sagte Gloria. »Können Sie bei Fee Dora vorsprechen? Wir haben alles getan, was in unserer Möglichkeit steht .... Jetzt aber benötigen wir andere *Kräfte* ... wenn Sie verstehen, was ich meine?«

Claire hätte gerne geantwortet, dass sie überhaupt nichts verstand, aber sie hielt sich zurück.

»Ich wäre Ihnen sehr dankbar, wenn Sie das bitte

ausrichten könnten, wie man so sagt! Wir zählen voll und ganz auf Sie. Ohne Ihre Hilfe werden wir mit .... Sie wissen schon, mit wem – nicht fertig werden.«

Daraufhin veränderten sich ihr Gesichtsausdruck und ihre Stimme, und sie wandte sich wieder an Claire.

»Ich danke dir, meine Hübsche«, sagte Gloria zu ihr. »Das hast du sehr gut gemacht.«

»Aber ich verstehe nicht«, protestierte Claire. »Was erwarten Sie denn eigentlich von mir?«

Pickwick zuckte die Schultern.

»Von dir? Überhaupt nichts.«

»Trotzdem haben Sie gerade zu mir gesagt, dass ...«

Gloria lachte.

»Aber nein, nein, nicht doch ... Ich habe mich doch nicht an *dich* gewandt!«

Und mit diesem für Claire vollkommen unbegreiflichen Satz verließ sie die Kammer.

Zum Glück hatte Esclarmonde Gloria Pickwicks Ansinnen vollkommen richtig verstanden.

Kapitel 23

In dem der Verräter des Weihnachtsmanns entlarvt wird

Während Gloria in den Augen der jungen Claire zu einer Verrückten erster Güte avancierte, ging die Rabenjagd über Londons Dächern weiter. Harold beobachtete die geschäftigen Umtriebe in Baron Ahrimans Haus, die darauf hindeuteten, dass sich dort ein gewisses Unbehagen breitmachte und erste Gegenreaktionen auf die Attacken in Gang kamen, denen die Bewohner des Hauses ausgesetzt waren.

Das äußerte sich schließlich im Erscheinen einer merkwürdigen Person auf der Vortreppe von 6b. Winzig, ganz in Schwarz gekleidet, bemühte sie sich nach Kräften, ihr Gesicht zu verbergen. Die Person war kaum größer als ein Kind, doch ihre entschlossenen und gezielten Bewegungen verrieten das Alter und den Geist eines Erwachsenen.

»Wer mag das wohl sein?«, murmelte Harold.

Die Gestalt zitterte augenscheinlich von Kopf bis Fuß und wartete, den Blick auf die Straße gerichtet, ungeduldig auf dem Gehsteig am Collins Square.

Am Vorabend war aus dem Kamin wieder schwarzer

Rauch nach Norden aufgestiegen. Es war daher keine Überraschung, dass die große Kutsche mit den sechs Pferden unter ihrem üblichen Getöse auftauchte.

Der Kutscher gönnte seinen Tieren nicht die kleinste Verschnaufpause, und der Unbekannte sprang in den Wagen und befahl ihm mit einer hastigen Geste, sofort aufzubrechen.

»Das ist ein Schurke, der uns vielleicht nützlich sein wird. Der hier ist nämlich tagsüber nicht unsichtbar!«, sagte Harold zu den Zwergen, während er die seltsame Szene beobachtete.

Seit mehreren Tagen und Nächten schon warteten unsere Freunde auf die Rückkehr der Zauberkutsche. Ein paar Straßen vom Collins Square entfernt hatten sie eine Falle für sie aufgebaut, bevor sie im Tunnel von Heathson verschwinden konnte.

Sogleich wurde der Plan in die Tat umgesetzt. Die Zwerge schoben einen Karren voller Salat heran und taten so, als steckten sie mitten auf der Straße fest. Der Kutscher musste nicht nur seine Pferde zu einer Vollbremsung zwingen, er konnte auch nicht verhindern, dass die Tiere sich ein paar Salatblätter schnappten, die vor ihrer Nase herumlagen.

Diese von den Zwergen präparierten Blätter enthielten einen Zaubertrank in Form kleiner Pfefferkörner, der auf die körperliche Verfassung und die Stimmung der Pferde seine Wirkung hatte: Sie spürten wie ihre Beine schwer wurden und konnten keinen einzigen Schritt mehr tun. Dieser plötzliche Stillstand löste ein fürchterliches Chaos auf der Straße aus. Andere Kutscher mischten sich unter wüsten Flüchen ein, Passanten bildeten Trauben, um zu sehen, was der Grund für diese erbosten Wortwechsel war, und jede Ansammlung von Leuten zog weitere nach sich. Schon bald war der Wagen von Baron Ahriman von einer unbeschreiblichen Masse von Leuten eingeschlossen!

Das machten sich Harold und die Zwerge zunutze. Sobald der schwarz gekleidete Passagier den Schlag geöffnet hatte, um nachzusehen, was los war, stürzten sie sich auf ihn und schleppten ihn davon. Doch in einem derartigen Getöse und Chaos achtete niemand so recht auf diesen Überfall.

Als sich alle schließlich wieder im Versteck der Zwerge unter dem großen Kaufhaus eingefunden hatten und man dem kleinen Wicht die Kapuze vom Kopf zog, um ihn zu befragen, stießen alle einen Schrei des Entsetzens aus.

»Aber das ist ja ein Zwerg!«

»Ein Zwerg!«

Unterdessen kam Gloria von ihrem Gespräch mit Claire zurück.

»Sehen Sie nur, Madam Gloria!«, sagte Harold zu ihr. »Dieser Schurke kam aus dem Haus des Barons heraus.«

»Das ist ein Verräter!«, schimpften viele Zwerge.

Ein Verräter, in der Tat. Ein schändlicher Zwerg. Er hatte nichts gemein mit unseren Freunden, den schalkhaften Zwergen des Weihnachtsmanns! Dieser hier hatte eine schwarze Seele. Weil er böse war, war er auch feige, weil er feige war, war er auch ängstlich, und weil er ängstlich war, beantwortete er auch auf Anhieb die Fragen, die Harold und Gloria ihm stellten.

Wie es schien, hatte auch er wie die anderen Zwerge den Großen Aufbruch der Geisterwesen damals verpasst. Er aber hatte in all den Jahren, in denen die Zwerge sich in ihrem Unterschlupf in Schottland versteckt hatten, sein wahres Wesen verborgen, um nicht entlarvt zu werden. Erst der gewaltsame Überfall von Ahrimans Spießgesellen am Nordpol ermöglichte ihm, seinen wahren Charakter zu zeigen. Sogleich begab er sich in die Dienste des Barons und half ihm bei seinen schrecklichen Machenschaften gegen alles, was mit Weihnachten zu tun hatte!

Aber das war noch nicht alles, was der Zwerg gestand. Feiglinge sind unverbesserliche Schwätzer; wenn sie einmal anfangen, den Mund aufzumachen, kann man sie nicht mehr aufhalten!

»Baron Ahriman ist jetzt in die Politik eingestiegen!«, verkündete er.

»Was?«, rief Gloria.

»Der Teufel will die Welt erobern, ohne dafür auch nur im Mindesten seine unheilvollen Kräfte einzusetzen. Er ist der Ansicht, dass die menschliche Gesellschaft heute schlimmer ist als vor tausend Jahren, als er sie verlassen hat, und dass sie somit perfekt seinem Vorbild entspricht. Er beabsichtigt daher, sie mit Hilfe ihrer eigenen Regeln zu unterwerfen! Wie zum Beispiel Politik und Korruption.«

»Das ist ja schrecklich!«, rief Harold aus.

»Und glaubt mir, bei diesen Plänen läuft es einem kalt den Rücken hinunter ...«, fügte der Zwerg hinzu. »Er wird bald ins Unterhaus einziehen! Das ist teuflisch ...«

Was Harold und Gloria befürchtet hatten, bestätigte sich also: Der Teufel war wieder zurück und gedachte, unter den Menschen zu bleiben. Es ging nicht mehr um die Rettung des Weihnachtsfests, sondern um die der ganzen Welt.

»Mein Gott, was sollen wir nur machen? Das ist eine Prüfung von biblischen Ausmaßen!«

Die ganze Nacht lang grübelten unsere Freunde über diese Frage nach. Sie malten sich die verrücktesten Szenarien aus, was sie dagegen unternehmen könnten, aber sie hatten nur wenig Hoffnung. Sie besaßen keine Macht. Was tun, so ganz allein?

***

Am frühen Morgen erschien die junge Claire im Versteck in dem Kaufhaus und wurde bei Gloria vorstellig. Die Zwerge hielten sich versteckt.

»Entschuldigen Sie, Madam, kann ich mit Ihnen sprechen?«

»Selbstverständlich, mein Kind. Ich höre.«

Gloria hatte ihr am Vortag gesagt, wo sie sie finden konnte. Die Kleine war verlegen. Aber offenbar lag das mehr am Gegenstand ihrer Botschaft als an den Umständen.

»Ja also«, sagte sie, »letzte Nacht hatte ich einen seltsamen Traum.«

»Einen Traum?«

»Ja. Einen sehr genauen Traum, an den ich mich am Morgen nach dem Erwachen bis ins kleinste Detail erinnern konnte. Was bei mir selten ist.«

»Schön. Und um was ging es darin?«

»Sie sind darin vorgekommen, Madam Gloria, in diesem Traum, und ich glaube, ich muss ihn Ihnen vollständig erzählen. Aber verzeihen Sie mir, ich weiß wirklich nicht, woher ich all diese verqueren Ideen habe!«

»Das macht nichts, meine Hübsche«, fiel Gloria ihr ins Wort, »ich weiß schon, wer sie dir eingegeben hat. Sprich schnell!«

Kapitel 24

In dem man sieht, wie fehlendes Hauspersonal die Allmacht des Satans gefährdet

Baron Ahriman saß hinter seinem Schreibtisch, einem langen schwarzen Lacktisch, der blank wie ein Spiegel war. Ihm gegenüber schwebte ein Miniaturglobus in der Luft, den er wie einen Stoffball an einem Faden zwischen seinen Fingerspitzen hin und her tanzen ließ.

Neben ihm spielte ein Cembalo ohne Musiker eine vollkommen unharmonische Melodie, wie sie dem Teufel jedoch gefiel.

Im Kamin brannten unter dichtem schwarzem Qualm dicke alte Bücher, in denen die Liebe zwischen den Menschen und Gottes Barmherzigkeit gepriesen wurden.

Auf einer Säule thronte eine Marmorbüste, es handelte sich um den alten Hiob aus der Bibel. Die Stirn der Statue war mit Speichel überzogen, denn der Baron spuckte jedes Mal darauf, wenn er an ihr vorbeiging.

Ahriman war allein.

Nachdem der Baron des Spiels mit seinem Globus

überdrüssig geworden war, betrachtete er eine Silberglocke, die auf einem einbeinigen Tischchen stand. Sogleich sprang die Glocke, von außergewöhnlichem Leben erfüllt, hoch und begann fünfmal zu läuten, bevor sie wieder in Unbeweglichkeit und Stille zurückfiel.

Ahriman strich sich mit den Fingern über das Kinn. Sein Gesicht? Dieses Mal war er nicht maskiert. Seine Haut war glatt und makellos weiß, seine mandelförmigen Augen waren von einem klaren, tiefen Haselnussbraun, seine purpurroten Lippen gaben den Blick auf eine Reihe blendend weißer Zähne frei, seine gewellten kastanienbraunen Haare fielen bis auf die Schultern.

Baron Ahriman war keine dreißig Jahre alt!

Er warf einen zweiten Blick auf die Glocke, die genau auf die gleiche Weise zu klingeln begann.

Niemand antwortete auf das Läuten.

Die große Gestalt erhob sich und ging mit wütenden Schritten zur Tür.

Im Flur war keine Menschenseele zu sehen.

»Hallo? Hört mich jemand?«

Er hätte sagen können: »Hört mich jemand, zum Teufel?«, aber das gehörte nicht zu seinen sprachlichen Gepflogenheiten.

Im Haus herrschte Stille. Der Baron inspizierte die Stockwerke. Hier zu schreiben, dass er auf den Teppichen schritt, wäre eine grobe Vereinfachung, denn Ahriman schwebte ein paar Millimeter über dem Boden und schien zu gleiten wie ein Schatten.

Er musste nur einen Finger heben, um die Türen zu öffnen, und sogleich gaben sie ihm den Zutritt frei.

Niemand, nirgends.

»Was ist nur aus all diesen Unfähigen geworden?«

Der Teufel war kurz davor, die Nerven zu verlieren. Was niemals etwas Gutes verhieß; Gewitter, Taifune, ja sogar unerklärliche Erdbeben konnten die Folgen sein.

Doch in diesem Augenblick wurde ein Geräusch im Gebäude vernehmbar:

Tick, tick, tick.

Tack, tack, tack.

Tock, tock, tock.

Dieses Phänomen erschien dem Baron so unerklärlich, dass er sogleich sein Aussehen veränderte: Vom jungen Mann verwandelte er sich in einen furchterregenden Alten mit Krallen anstelle von Fingern.

Tick, tick, tick.

Tack, tack, tack.

Tock, tock, tock.

Das Geräusch kam aus der Bibliotheksetage.

Ahriman trat in den großen Saal. Die Regale waren mit Bänden im gleichen Format und dem gleichen Einband gefüllt. Es handelte sich um ein einziges Werk, dessen Inhalt sich auf beinahe dreitausend Bände verteilte: *Die von Dämonen eingegebenen Sünden der Menschen*.

Der Baron bewegte sich vorsichtig, auch wenn er der Teufel war. Er spürte, dass nichts so lief wie es sollte, und dass ihn wohl böse Überraschungen erwarteten.

Tick, tick, tick.

Tack, tack, tack.

Tock, tock, tock.

Nun war kein Zweifel mehr möglich, das Klopfen kam von hinter der Bibliothek. Ahriman machte eine Handbewegung und der aus zwei Paneele bestehende zentrale Abschnitt teilte sich. Der Baron stand nun vor dem Geheimschrank, der mit einem Holzstück verrammelt war. Genau dort, wo er Harold Gui nach dessen Entführung aus dem Dorf des Weihnachtsmanns eingesperrt hatte.

Tick, tick, tick.

Tack, tack, tack.

Tock, tock, tock.

Die Augen des Teufels liefen blutrot an, und er knurrte wie in Raubtier, das am Ende seiner Geduld ist.

Mit einem Mal zersplitterten die Schranktüren mit einem ohrenbetäubenden Lärm und unter einem gewaltigen Sturmwind in tausend Stücke. Alle Kerzen im Saal erlöschten, und Ahrimans Körper selbst, der von innen her flackerte – ein rot-weißes Flackern –, wurde nun zur einzigen Lichtquelle in dem Raum.

In der ganzen Verwüstung ertönte ein erstickter Schrei: »Ahhhhhhh!«

Es war der Zwerg. Der Verräterzwerg.

Er lag geknebelt und verschnürt wie ein Würstchen an Harolds ehemaligem Platz. Nur eine Hand war frei. Sie hatte die Klopfgeräusche auf dem Holz des Schranks verursacht.

Auf der schweißüberströmten Stirn des Zwergs trug er eine Art Narrenkappe mit Eselsohren aus Papier. Auf ihrer Außenseite stand etwas geschrieben.

Ahriman kümmerte sich weder um die Verzweiflung des Zwergs noch löste er seinen Knebel, damit dieser wieder reden konnte. Er griff nach der Botschaft und las.

Sie war unterzeichnet von Harold Gui und Gloria Pickwick.

Kapitel 25

In dem die Dinge für Baron Ahriman eine ungute Wendung nehmen

»Glauben Sie, dass es funktionieren wird, Madam Gloria?«, fragte Harold beunruhigt.

»Meine Güte, wir haben die Anweisungen, die der Geist Esclarmonde Claire eingegeben hat, befolgt«, antwortete die Gouvernante. »Besser als in ihrem Traum konnte gar nicht erklärt werden, wie man taktisch am klügsten vorgehen soll. Von nun an heißt es abwarten! Hoffen wir, dass die Zeit für uns arbeitet.«

Die zweihundert Zwerge, die bei ihnen in London geblieben waren, waren an ihrer Seite. In den vergangenen Stunden hatte Harold mit Hilfe einer Brieftaube die fliegenden Rentiere zu sich gerufen, und die ganze Truppe war nach Irland zurückbefördert worden, in die Höhle auf der Blasketinsel unter den Ruinen des Klosters.

Nun kauerten sich unsere Freunde dort aneinander und warteten. Sie hatten den Zugang, den sie zuvor dank Esclarmondes Hacken freigelegt hatten, wieder verbarrikadiert und sich erneut eingeschlossen.

Die für Ahriman bestimmte Botschaft war mit Absicht unmissverständlich: Harold und Gloria machten sich darin über den Baron lustig und spotteten über die Falle in der Höhle, aus der sie sich nach kurzer Zeit befreit hatten. Sie behaupteten, sie hätten nun alle erforderlichen Beweise in Händen, um sich zu den Feen im Sternbild des Kleinen Pferds zu begeben, seine schändlichen Pläne auf der Erde anzuprangern und massive Vergeltungsmaßnahmen vorzubereiten. Sie erklärten auch, sie würden auf die Blasketinsel zurückkehren, um von dort *in höhere Gefilde* gebracht zu werden!

»Auch wenn er der Teufel ist«, meinte Gloria, »einer direkten Konfrontation wird er lieber aus dem Weg gehen. Die beste Methode für ihn besteht noch immer darin, zu verhindern, dass wir die Fee Dora treffen.«

Der Plan funktionierte perfekt.

Baron Ahriman landete auf der Insel mit der Absicht, die Zeugen seiner Rückkehr auf die Erde, Harold, Gloria und notfalls auch alle Zwerge zu vernichten.

Der böse Baron begab sich unverzüglich zu den Klosterruinen und dem Steinhaufen auf den Treppenstufen, um die verrückten Behauptungen des Zwergs zu überprüfen und nachzusehen, ob die Gefangenen nach wie vor dort waren, wo er sie eingesperrt hatte. Mit einem Fingerschnipsen legte er den Zugang frei und …

… entdeckte unsere Freunde, die dort wie Sardinen in der Büchse zusammengepfercht saßen!

»Was soll das?«, dachte sich der Teufel. »Was hat es denn nun mit dem Brief über den verräterischen Zwerg auf sich?«

Aber er hatte keine Zeit, um seine Frage zu Ende zu denken, denn er spürte, wie ihn etwas am Kragen packte und brutal nach hinten zog. Die Bewegung war so schnell und so rabiat, dass Harold und Gloria fast zu sehen glaubten, wie die Augen des Dämons aus ihren Höhlen traten!

»Sehen wir mal nach, was jetzt passiert!«, sagte die Gouvernante und schob die Steine beiseite, um ins Freie zu gelangen und Ahriman zu folgen.

Ein lang gezogener schwarzer Lichtstrahl fiel senkrecht vom Himmel auf die Insel. Eine tintenschwarze Linie, die den Himmel durchquerte.

Es war ein klarer Tag, an dem die Sonne trotz der Kälte funkelte. Und dennoch traf kein einziger Lichtstrahl dieses obskure Phänomen, das vom Himmel herabreichte. An der Stelle, wo es auf dem Boden auftraf, bildete sich eine blaue Flamme und die Fee Dora erschien.

»Ah!«, rief Harold, als er sie erblickte. »Das war es also: eine Falle! Wir sollten den Baron hierherlocken, damit er sich mit der Fee misst. Bestimmt wagt sie sich nur auf dieser einsamen Insel zu zeigen! Wie bei der Begegnung mit den Zwergen!«

Harold hatte richtig kombiniert. Diese Insel hatte eine sehr eigenartige Vorgeschichte, was die Wahl der Fee erklärte.

Baron Ahriman kam wieder auf die Beine, nachdem er auf dem Hintern gelandet war!

»Fee Dora!«, rief er der Zauberfrau mit den langen blonden Haaren zu, die ihre schwarze Robe trug. »Ich hätte wirklich nicht gedacht, Sie je in dieser Gegend wiederzusehen! Machen Sie auf der Stelle kehrt, bevor ich die Geduld verliere und ein Unheil anrichte!«

Die Fee lächelte. Sie hob einen Finger und der schwarze Lichtstrahl verschwand. Doch an seiner Stelle erschien eine riesige dunkle Wolke über ihren Köpfen und begann sich zu drehen wie das Auge eines Taifuns. Sie wurde schrecklich dicht und schrecklich bedrohlich!

»Hoppla!«, prophezeite Gloria, »mir schwant, gleich wird es rundgehen!«

Da müssen wir unserer sympathischen Romanfigur wohl recht geben.

Freilich sollten Gloria, Harold und die Zwerge (sowie die spärlichen Bewohner der Insel) von der Fortsetzung dieses Kapitels nichts mehr sehen. Ich will damit sagen, dass die Fee Dora mit einer Kopfbewegung die Zeit um sich und Baron Ahriman anhielt. Alles erstarrte wie auf einer Fotografie! Die Gischt, die ans Ufer brandete, wurde unbeweglich wie ein Wattebausch, der Wind blies nicht mehr, kein Geräusch drang mehr aus der Umgegend. Die Möwen verharrten mitten im Flug wie auf der Tapete eines Kinderzimmers. Was Harold und Gloria anging, so blieb ihr letzter Gesichtsausdruck bis auf Weiteres unauslöschlich in ihren Zügen eingeprägt. Nur der Baron und die Fee sowie die wirbelnde Wolke über ihnen waren noch von einer Art Leben beseelt.

Geschätzter Leser, betrachte dich also als privilegierten Zuschauer, denn du wirst dank der Gnade des Märchens Zeuge dessen werden, was unsere Figuren selbst nicht miterleben können …!

»Sie wollen mich zum Kampf herausfordern?«, murmelte Ahriman ohne den Hauch einer Besorgnis. »Wie früher?«

»Wie früher.«

»Noch dazu am selben Ort! Was für eine Ironie des Schicksals!«

»Die Geschichte wiederholt sich oft, Baron. Und beim letzten Mal haben Sie verloren. Das sollte Ihnen mehr Demut einflößen.«

Der Baron brach in sein typisches schallendes Gelächter aus.

»Ich blicke nie zurück«, erklärte er. »Eine Frage des Temperaments vermutlich.«

»Zu viele schlechte Erinnerungen, würde ich eher meinen. Der große Vorteil bei einem Teufel von Ihrer Art ist, dass Sie ein unverbesserlicher Dummkopf sind! Am Ende werden Sie immer erwischt, Ahriman. Auf Dauer ist das ziemlich strapaziös. Können Sie nicht endlich einmal an dem Ort bleiben, den man Ihnen zugewiesen hat, und die Menschen in Frieden lassen?«

»Und Sie, werte Fee? Ich bitte um Verzeihung, aber was haben Sie denn hier verloren? Und warum haben Sie letztes Jahr Weihnachten eingeführt? Sollten wir nicht alle beide, einem bald tausend Jahre alten Vertrag zufolge, nie mehr in die Geschicke dieser Welt eingreifen? Sie haben dieses Gelübde als Erste gebrochen. Und auch heute mischen Sie sich wieder in Dinge ein, die Sie nichts angehen! Es steht Ihnen gar nicht zu, mir hier lauter Vorwürfe zu machen!«

»Ich wäre auch nicht erschienen, wenn mir nicht

Ihre Pläne und Ihre Absicht, unter den Menschen zu bleiben, zu Gehör gekommen wären.«

»Hehe, aber ich benütze keinerlei Magie, stellen Sie sich vor!«, höhnte der Teufel. »Ich muss mich nur in der Gesellschaft zurechtfinden, die die Menschen in unserer Abwesenheit geschaffen haben. Auf diese Weise verletze ich unsere Gesetze nicht. Ihre öffentlichen Einrichtungen sind ganz wunderbar für meine Zwecke geeignet! Da ist es überflüssig, wie früher den Dämon zu spielen. Sie beschuldigen mich zu Unrecht. Sie sehen wirklich überall nur das Schlechte!«

»Ich sehe es vor allem da, wo Sie sind. Aber wir brauchen uns hier nicht in Spitzfindigkeiten zu ergehen: Sie haben die Grenzen des Erlaubten überschritten, und das wissen Sie; aus diesem Grund nehme ich mir das Recht heraus, zurückzukehren, um Ihnen eine ordentliche Lektion zu erteilen.«

»Oh! Warum denn gleich so böse Worte? Wann lernen Sie je, freundlich zu sein?«

Und mit diesen Worten verwandelte sich der Baron in der Luft in einen mächtigen roten Drachen, ohne jede Vorwarnung, und spie eine furchtbare Feuersäule auf die Fee!

Diese aber drehte sich um die eigene Achse, verwandelte sich ihrerseits in einen weißen Drachen und antwortete auf das Feuer ebenfalls mit einem Feuerschwall.

Der weiße Drache packte den roten Drachen an der Kehle, wirbelte ihn herum und ließ ihn los, um ihn in die Wolken zu befördern. Doch der Baron rollte sich vor Schmerz aufschreiend zusammen und verwandelte sich in eine Eiskugel, die zur Erde zurückfiel, um die Fee zu zerschmettern. Diese wurde ihrerseits zu einem Ritter des Hofs von Uter Pendragon und machte einen Satz zur Seite, um dem Geschoss auszuweichen, das daraufhin in tausend Teile zerschellte! Aber jeder Eissplitter verwandelte sich plötzlich in einen Skorpion, der auf Dora zulief, um sie mit seinem giftigen Stachel zu durchbohren. Allerdings hatte die Fee gleichzeitig die Gestalt eines riesigen Menschenfressers angenommen und blies mit voller Kraft, um die Insekten bis ins erstarrte Wasser des Ozeans zu pusten! Kurz vor dem Ertrinken kletterten die Skorpione aufeinander und bildeten einen Riesen. Dora hatte keine Zeit, um sich in einen Lavastrom zu verwandeln, denn der Baron hatte sie an ihrer gewaltigen Mähne gepackt und in die Luft geschleudert.

Ziel dieses Kampfes war es, den Gegner bis ins Auge des Hurrikans zu befördern, der über ihnen grollte. Wer sich von ihm aufsaugen ließ, hatte den Kampf ein für alle Mal verloren!

Ich weiß, Kämpfe unter Zauberern gleichen sich alle, das ist eine ihrer paradoxen Eigenschaften; eine unendliche Zahl von Mitteln bewirkt immer das fast gleiche Ergebnis. Man geht mit Monstern und Geschossen aufeinander los und setzt eine Abfolge von Metamorphosen in Gang, die einer Schachstrategie würdig wäre. Es geht darum, dass einer der beiden Spieler einen Zug nicht antizipieren kann, und damit ist er geschlagen!

Dora wurde zu dem Zyklon emporgeschleudert, doch kurz bevor sie von ihm verschlungen wurde, konnte sie sich in einen großen Adler verwandeln und in Richtung Wolken umschwenken.

Auf der Erde hatte derweilen Baron Ahriman seine junge und schlanke Gestalt aus dem Büro wieder angenommen. Er machte eine Handbewegung von rechts nach links, und in der Ferne erhob sich eine Salzwasserwelle bis in den Himmel. Man hätte glauben können, dass das Meer sein natürliches Bett verließ. Diese schwere eisige Masse verschlang, als sie sich brach, den Adler Dora. Die Fee verschwand unter den donnernden Wassermassen, die über ihr zusammenschlugen.

Der Baron brach in Gelächter aus. Er betrachtete den Zyklon über seinem Kopf und streckte die Arme danach aus. Sogleich beschleunigte das dunkle Auge seine Umdrehungen und saugte alles in sich auf. Ahriman rührte sich nicht, aber das Wasser des Meeres wurde in den Himmel emporgerissen! Und Dora, die in dem Strudel gefangen war, würde so unweigerlich verschwinden.

Die Fee verwandelte sich im Gegenzug aber in ein riesiges Meeresungeheuer, das nun allen Strömungen widerstehen konnte. Sie warf sich auf die Insel und verpasste dem Baron einen gewaltigen Schlag mit dem Schwanz!

Wie du mir, so ich dir.

Wenn die Zeit aufgehoben war, konnte das Ganze ebenso gut eine Ewigkeit dauern!

Aber wie Dora uns bereits gesagt hat, der Teufel ist ein Dummkopf. Einen Augenblick lang wiegte die Fee ihn in dem Glauben, sie nehme die Gestalt einer Eule an wie die Göttin Athene, und Ahriman (der seine

Klassiker schlecht kannte) beschloss, sie zu verfolgen, indem er sich in den Gott Merkur verwandelte. Doch dann musste er erkennen, dass Dora sich ausbreitete wie ein riesiges Netz, in dessen Maschen sich seine Füße verstrickten, sodass er gefangen war. Bevor er noch Zeit hatte, zu einem Gegenschlag auszuholen, hatte Dora sich selbst mit ihrer Beute in das Auge des Zyklons gestürzt!

Sie verschwanden alle beide.

Nur ein Regentropfen löste sich vom Rand des Schlunds und fiel auf das grüne Gras der Insel Irland. In diesem kleinenTröpfchen Wasser nahm Dora wieder ihre Gestalt an. Gesund und munter.

Sie lächelte. Der Zyklon begann sich zu schließen, und in seinem Inneren war der Teufel gefangen!

Dora klatschte zweimal und die Zeit der Menschen nahm wieder ihren Lauf.

»... es wird furchtbar rundgehen!«, wiederholte Gloria und stellte sich auf einen Kampf ein.

Sie fuhr hoch.

»Na so was! Wo ist der Baron?«

Für Harold wie für Gloria war von Anfang bis Ende des Kampfes zwischen dem Teufel und der Fee keine Sekunde vergangen.

Letztere zeigte mit dem Finger auf den sich entfernenden Zyklon.

»Es ist vorbei«, sagte sie.

»Was?«, versetzte Gloria. »Was ist vorbei?«

»Baron Ahriman wird euch nicht mehr belästigen. Jedenfalls ... für sehr lange Zeit nicht.«

Gloria wandte sich zu Harold um.

»Verstehst du von all dem irgendetwas?«

Harold betrachtete die dicke Wolke.

Die Sonne sandte ihre Strahlen auf die Insel, noch leuchtender und heller blitzend als zuvor; das Meer hatte sich beruhigt, und ein seltsam sanfter Wind fuhr zwischen die Haare des Jungen und ließ ihn erschauern.

Wieder einmal hatte das Gute über das Böse gesiegt.

Der Schlund verschwand vollständig, doch in seinem Zentrum erschien plötzlich ein heller Punkt wie das schnelle Aufblitzen des Lichts von einem Leuchtturm.

»Achtung!«, schrie die Fee Dora.

Ein Strahl sauste mit großer Geschwindigkeit hernieder und traf Gloria Pickwick.

Der Zyklon verschwand, begleitet vom kehligen Lachen Baron Ahrimans …

Dieser Schlag war seine letzte verabscheuungswürdige Tat.

Gloria lag am Boden. Alle eilten zu ihr.

Sie bewegte sich nicht mehr.

Und sie atmete nicht mehr!

Kapitel 26

In dem wahrheitsgetreu wiedergegeben wird, wie eine reine Seele ihr Leben aushaucht. Und neben anderen rührenden Dingen gezeigt wird, dass der Tod in Wahrheit nur ein anderes Märchen für Kinder ist, das seinen Anfang nimmt …

Gloria erwachte in einem gemütlichen holzgetäfelten Zimmer, in dem ein herrliches Feuer im Kamin prasselte. Sie lag auf einem tiefen Bett unter einem weißen Federbett, ihr Kopf ruhte auf Kissen mit spitzengesäumten Hüllen.

Um sie herum hatten sich ihre Tochter Zoé, deren leidvoller Gesichtsausdruck ihr gleich auffiel, Meredith Balmour und ihre drei Kinder, Harold, das Oberhaupt der Zwerge und die Fee Dora versammelt. Alle blickten sie voller Verzweiflung an.

»Wo bin ich?«, fragte die Gouvernante.

»Beim Weihnachtsmann, Madam Gloria«, antwortete Harold.

Und in der Tat befanden sich unsere Freunde in diesem Augenblick in den neuen Räumlichkeiten, die die Zwerge am Nordpol als Ersatz für das zerstörte Dorf und die Spielzeugfabrik erbaut hatten, die Baron Ahrimans Männer verwüstet hatten.

»Ach ja?«, brachte Gloria mühsam hervor.

Sie war bleich, auf ihrer Stirn perlten Schweißtropfen, sie litt an einem schrecklichen Fieber. Ihre Augen wirkten wie geschrumpft oder eingefallen, ihr Blick hatte seine Schärfe verloren, selbst ihre roten Haare waren stumpf und glanzlos geworden. Sie war stark abgemagert, die Arme, und ihr Kopf glich nun dem Schädel eines kleinen Vogels.

»Was ist mit mir passiert?«, murmelte sie, und ihre Stimme stockte immer wieder, weil sie keine Luft bekam.

Zoé trat näher.

»Du bist sehr krank«, sagte sie zu ihr. »Fee Dora gelang es, dich mit Hilfe eines Zaubertranks, den sie gebraut hat, wieder zum Bewusstsein zu erwecken. Seit vielen Tagen und Nächten hast du die Augen nicht mehr aufgetan und kein Wort mehr gesagt, Mama.«

»Ach! So krank bin ich also ... Aber der Baron ...? Baron Ahriman?«

»Beruhige dich, Mama«, drängte Zoé besorgt.

Die Fee trat an das Bett der guten Frau.

»Machen Sie sich keine Sorgen, Madam«, sagte sie zu ihr. »Der Baron ist ein für alle Mal verschwunden. Er wird nicht mehr zurückkommen. Das ist erledigt.«

Glorias Gesichtsausdruck erhellte sich.

»Gut. Ich erinnere mich nämlich nicht mehr sehr genau an die Geschehnisse ... Na ja, was zählt ist letztlich das Ergebnis ...«

Sie blickte sich um.

»Ich sehe keinen Arzt. Ist mein Zustand also so hoffnungslos? Werde ich sterben?«

Niemand wagte ihr zu antworten.

Gloria seufzte.

»Kommt näher, meine Kinder, damit ich euch ansehen kann, bevor es zu spät ist.«

Sie wandte sich an Zoé, Katherine, Emily und Robert Balmour. Jedes Kind ergriff der Reihe nach ihre Hand und küsste sie.

»Ihr seid wirklich süß ...«

Glorias Blick fiel auf Meredith Balmour, die ihre Tränen hinter einem Taschentuch verbarg.

»Wie geht es Ihnen, Madam? Ich hoffe, dass Sie ohne mich zurechtkommen!«

Meredith musste trotz ihrer feucht glänzenden Augen unwillkürlich lachen.

»Oh, Gloria! Nichts funktioniert je ohne Sie, das wissen Sie genau.«

Gloria nickte. Ein bisschen Schmeichelei gefiel ihr durchaus.

»Aber seien Sie unbesorgt«, fuhr Meredith fort, »alles ist wieder ins Lot gekommen. Gott sei Dank sind in London Dokumente aufgetaucht, die beweisen, dass mein armer Mann das Opfer eines Komplotts war. Unser Vermögen wurde uns zurückerstattet, ebenso wie das Haus am Collins Square. Die Kinder sind von allen Krankheiten genesen, unter denen sie gelitten haben. Wir sind wieder glücklich. Leider weilt unser teurer Davy nicht mehr unter uns, um an diesem Segen teilzuhaben ...«

»Ich bin überzeugt, dass er sich in diesem Augenblick dort, wo er sich befindet, darüber freut, dass das Glück Ihnen wieder lacht.«

Gloria warf der Fee Dora einen Blick zu, der besagte: »Danke für die Balmours.« Dann fragte die Gouvernante: »Werte Fee, welches Schicksal erwartet mich nun? Der Tod?«

»Das ist nichts. Man glaubt zu Unrecht, dass der Tod ein Sprung ins Ungewisse ist. Genau das Gegenteil ist richtig. Der Tod ist eine Rückkehr in eine vertraute Welt. Der Sprung ins Ungewisse ist eben das Leben, verstehen Sie ... Aber das begreift man erst ziemlich spät ...«

»Tut es weh? Werde ich leiden?«

»Nein, Gloria. Der Tod nimmt Sie mit, ohne dass Sie sich dessen bewusst werden ...«

Die Gouvernante seufzte.

»Mein Gott, was für eine Geschichte! Was für ein Abenteuer seit Weihnachten!«

Gloria stützte sich fest auf die Ellbogen auf.

»Genau! Wo ist er, dieser Weihnachtsmann? Für ihn haben wir schließlich all diese Mühen auf uns genommen! Kann ich ihn sehen?«

Dora blickte zu Harold und nickte mit dem Kopf. »Ich werde ihn holen«, sagte der Junge. »Tatsächlich hat er es nicht gewagt, sich Ihnen zu zeigen ...«

»Ach! Für Schüchternheit ist jetzt keine Zeit mehr. Ich würde mich freuen, ihn zu sehen! Ausgerechnet ich, die sich vor wenigen Wochen noch weigerte, an Geisterwesen zu glauben, sitze nun hier mit einer Fee und einem Zwerg an meinem Bett! Warum also nicht auch der Weihnachtsmann?«

Harold lächelte und verließ das Zimmer.

Eine Weile herrschte Schweigen. Niemand wagte sich mehr zu bewegen. Außer Zoé, die ihre Mutter mit Küssen bedeckte.

Die Tür des Zimmers öffnete sich, und der Weihnachtsmann erschien.

Alle Anwesenden spürten, wie ihre Gefühle aufwallten. Die Kinder hielten den Atem an vor der Gestalt des alten Mannes, die sich näherte.

Er war sehr groß und sehr stark und hatte sich in seinen rot-weißen Mantel gehüllt, der an der Taille durch einen breiten schwarzen Gürtel zusammengehalten wurde. Sein weißer Bart reichte ihm bis zur Bauchmitte. Der sympathische Mann glich perfekt den volkstümlichen Vorstellungen, die sich seit einiger Zeit um seine Person gebildet hatten.

Der Weihnachtsmann ging auf Gloria zu.

Diese Erscheinung verschlug sogar der Gouvernante die Sprache, sie war eingeschüchtert. Nur die kleine kindliche Flamme, die in ihren Augen gefunkelt hatte, bis sie bei ihrem Unfall verschwand, erschien wieder kurz, während sie den sagenumwobenen alten Mann betrachtete.

»Guten Tag, Madam«, begrüßte er sie.

Er umarmte sie.

»Danke für alles, was Sie getan haben. Sie haben Weihnachten gerettet, Gloria Pickwick! Die Kinder, die von Ihrer Geschichte hören, werden jedes Weihnachten an Sie denken und Ihnen in ihren Gebeten dafür danken, dass dieses Fest weiterbesteht.«

»Oh! Wissen Sie, lieber Weihnachtsmann, das war keine große Kunst!«

Da mussten alle lachen.

»Aber in der Tat«, fügte der Weihnachtsmann hinzu, »wer außer einer Frau hätte dieses Fest der Kinder retten können?«

»Eine Frau und Mutter.«

»Ja … eine Mutter.«

Der Weihnachtsmann trat zurück und überließ seinen Platz wieder Zoé.

Gloria sagte: »Meine Kleine, lass mich dich noch einmal umarmen … Ich bin so froh darüber, dass du bei mir bist. Du musst mir verzeihen … denn während dieses Abenteuers musste ich deine Spardose für dein Blumengeschäft leeren und …«

»Machen Sie sich keine Sorgen«, unterbrach sie Meredith Balmour, »Zoé wird es an nichts fehlen, das verspreche ich Ihnen.«

Der Gouvernante fiel ein Stein vom Herzen.

Sie ließ ihre Tochter nicht mehr aus den Augen.

»Werde glücklich, meine Kleine. Das ist wichtig. Glückliche Menschen tun niemandem etwas Böses. Das ist das Wichtigste …«

Sie wandte sich zu den Balmour-Kindern.

»Das gilt auch für euch. Und für Harold ebenfalls. Wo ist er eigentlich?«

»Ich werde ihn holen«, sagte der Weihnachtsmann. »Bestimmt ist der verflixte Kerl wieder dabei, in der Fabrik etwas zu überprüfen oder zu reparieren. Er kann einfach das Arbeiten nicht lassen!«

»Das ist eine gute Krankheit!«, antwortete Gloria.

»Adieu, Gloria.«

»Adieu, lieber Weihnachtsmann.«

Der alte Mann verließ den Raum.

»Wir dürfen die junge Claire nicht vergessen!«, sagte Gloria zu Dora. »Auch sie war uns eine große Hilfe.«

»Sie wird nicht vergessen werden, machen Sie sich ihretwegen keine Sorgen.«

Danach wurde die Gouvernante von einem heftigen Hustenanfall geschüttelt. Ihre Gesichtszüge verkrampften sich unter den Schmerzen. Alle blickten Dora an, damit sie etwas unternahm, aber die Fee bedeutete ihnen, dass sie von nun an machtlos war.

Die Tränen flossen.

Harold kam zurück.

»Ach! Da bist du ja endlich, du Schlingel! Was für ein verrückter Bengel! Ich bin froh, dass ich dich kennengelernt habe. Du hast mein Leben aus der Bahn geworfen, aber du hast ihm auch einen Sinn gegeben, der eines Märchens würdig ist, und das ist kein Pappenstiel.«

»Oh! Madam Gloria!«

Auch Harold weinte.

Diese Tränen bewirkten, dass Gloria sich ein letztes Mal aufbäumte, für einen letzten Wutanfall ganz nach ihrer Art.

»Schluss jetzt, hört jetzt mit dem Gejammer auf! Meine Güte, unsere Geschichte nimmt doch ein gutes Ende, oder ich will verrückt sein! Weihnachten ist gerettet, der Baron ist weggepustet, das ist ein *Happy End*! Lasst uns also fröhlich sein, Sapperlot!«

Ihr Kopf war in die Kissen zurückgefallen.

»Lasst uns fröhlich sein, sapperlot …«, wiederholte sie.

Zoé tupfte ihre Stirn mit einem frischen Tuch ab.

Gloria blickte zur Decke. Dann runzelte sie die Stirn und richtete sich ein wenig auf.

Eine leuchtende Aura erschien im Zimmer.

»Was ist das?«

»Wovon sprechen Sie, Madam?«

»Das Licht dort.«

Der Lichtkranz war wie Watte, leicht durchsichtig wie die Fangarme einer Qualle. Und plötzlich wurde in seinem Innern eine Gestalt sichtbar. Es war ein kleiner Mann. Er war kaum größer als ein Kind, seine Nase und seine Wangen rußgeschwärzt, er trug eine dunkle Hose und einen blutbefleckten Gehrock.

»Gütiger Himmel, das ist mein Mann. Newman!«

Der Mann trat lächelnd näher.

»Guten Tag, Gloria.«

»Newman, mein geliebter Mann! Du bist es! Komm! Tritt näher!«

Doch da zog Gloria, ganz die Alte, missbilligend eine Augenbraue hoch.

»Sag mal, du bist ja dicker geworden, das schwöre ich! Was gibt man dir denn im Jenseits zu essen?! Ach! Man sieht gleich, dass du seit Langem deine Gloria nicht mehr hast, die auf dich aufpasst!«

»Ich freue mich, dass du dich offensichtlich nicht verändert hast, meine Schöne.«

»Verändert? Warum sollte ich mich verändert haben? Ich bin es, Gloria Pickwick!«

Newman nahm ihre Hand in die seine und die Frau erhob sich fast mühelos aus dem Bett.

»Seht ihr, Kinder«, sagte sie, »ich fühle mich schon viel besser.«

Sie blickte sich um, aber alle waren verschwunden, selbst das Zimmer und das Bett.

»Ach!«, sagte Gloria traurig. »Die Fee hatte recht … Man merkt es also wirklich nicht vorher …«

Newman presste lächelnd ihre Hand.

Sie küssten sich.

Von diesem Kuss stieg ein weißes Licht auf, das immer größer und noch größer wurde, bis es alles blendete, auch deine Augen, lieber Leser, vor diesem kleinen Büchlein, das du in Händen hältst, und meine Augen als Erzähler, der sein Papier mit einem blauen Stift bekritzelt.

Gloria Pickwick ist von uns gegangen …

Kapitel 27

Das letzte

Gloria ruhte tot auf ihrem Bett. Zoé und die Kinder schluchzten. Meredith schloss die Tochter ihrer Gouvernante in die Arme. Das Unglück dieser armen Menschen war herzergreifend.

Daraufhin blickte Harold die Fee Dora an. Durchdringend. Sie begriff, was er ihr bedeuten wollte.

»Du hast recht«, murmelte sie. »So kann es nicht enden!«

Sie schloss die Augen und sagte: »Das wird mich teuer zu stehen kommen …«

»Danke, Fee Dora«, antwortete der Junge.

Die Frau konzentrierte sich, runzelte Augenbrauen und Stirn …

… und plötzlich verschwand alles!

Alles!

Nicht nur das Drumherum und die Akteure, sondern auch sämtliche Ereignisse der vergangenen Wochen, Harolds Entführung im Sack aus der Spielzeugfabrik durch Ahrimans Männer, Collins Square und die neuen Bewohner ….

… die Fee Dora löschte ein für alle Mal die Leidenszeit aus, die der Baron all unseren Figuren seit seiner Rückkehr auf die Erde bereitet hatte!

Sie tat das so gründlich, dass Sie und ich nun wieder zu jenem 25. Dezember 1854 zurückbefördert sind!

Erinnern Sie sich …

Es ist noch Nacht.

Der Morgen graut noch kaum.

Die kleine Zoé verlässt endlich ihr Zimmer. Gestern Abend hat sie wie alle Kinder versucht wach zu bleiben, um den Weihnachtsmann zu überraschen, aber sie hielt nicht durch.

Nun läuft sie schnell zu ihrer Mutter, die friedlich schläft, um sie aufzuwecken. Dieses Mal hat die rothaarige Gloria herrlich geschlafen! Kein Baron und kein Getöse unter ihrem Fenster.

»Mama! Mama, stehen Sie auf! … Darf ich nachsehen, ob der Weihnachtsmann da war?«

Gloria lächelte.

»Sofort, mein Kind.«

Zusammen stiegen sie in den Salon hinab. Der Weihnachtsbaum strahlte noch immer. Die Kleine griff fest nach der Hand ihrer Mutter. Als sie sich dem Baum näherte, drückte sie Glorias Finger so fest, dass diese vor Schmerz »Autsch!« rief.

Auf dieses »Autsch!« folgte ein »Oh!« aus Zoés Mund.

Eine Unmenge von Geschenken lag unter dem Tannenbaum!

Sprachlos und überglücklich stürzte das Mädchen

vor, um die Namen auf den Schildchen zu lesen. Für die ganze Familie Balmour war etwas dabei …

Schließlich fand sie das für sie bestimmte Päckchen. Mit grenzenloser Sorgfalt öffnete sie die Verpackung …

Der Weihnachtsmann hatte ihren Wunsch erfüllt: Sie drückte die schöne rosa-weiße Puppe aus Mayfair an sich, um die sie ihn in ihrem Brief gebeten hatte.

Auch Gloria war glücklich. Nur selten hatte das Gesicht ihrer Tochter so vor Freude gestrahlt.

Dann kamen die Balmour-Kinder ins Wohnzimmer und öffneten ihre Geschenke.

Überall auf der Welt erlebten die Kinder zum zweiten Mal die beglückenden Zauber des Weihnachtsfests. Der Weihnachtsmann hatte niemanden vergessen …

Meredith und Davy Balmour gesellten sich zu Gloria. Als sie sahen, wie versunken ihre Kinder mit den Geschenken spielten, blickten sie einander gerührt an. Sie waren restlos glücklich … Die Freuden des Weihnachtsfests waren auch für die Erwachsenen da.

Und dennoch, wenn sie wüssten, was wir wissen! All die Widrigkeiten, die in diesem Märchen überwunden werden mussten, damit die Dinge am Ende wieder im Lot sind.

Nun ja … Um es ein für alle Mal zu sagen: Weihnachten *wurde gerettet*!

***

Aber?

Aber über all diesem Glück haben wir eine Person

ganz vergessen ... und das ist nicht gut, darin werden Sie mit mir übereinstimmen. Vor allem an diesem Weihnachtsmorgen, an dem niemand sich verletzt fühlen darf.

Den Märchenerzähler Eliot Doe, fürwahr!

Der alte Mann, der noch immer einsam in seiner windumtosten Hütte hauste, verstand überhaupt nicht, wie er zu diesem Traum von einer dicken rothaarigen Frau in Begleitung eines Kindes und zweier Zwerge gekommen war, die seine Flugmaschine ausleihen wollten!

Er zweifelte vor allem am Wahrheitsgehalt eines Teils des Traums, in dem das Kind und die Zwerge ihm versprachen, sie würden am Ende ihres Abenteuers zurückkommen und ihm die ganze Geschichte vom Großen Aufbruch der Geister und Feen erzählen! Vom Exodus der Zauberer!

Eliot Doe war entgeistert, weil sein Traum so realistisch gewesen war und weil er ihm so oft in den Sinn kam.

»Ich werde verrückt ...«, dachte er sich.

Dabei hatte der imaginäre Junge ihm versprochen: »Sie werden sehen, *es ist eine Geschichte, die man Ihnen nie erzählt hat!*«

Der Schriftsteller erinnerte sich nicht mehr an die Namen der Figuren aus seinem Traum. Er beschloss, alles zu vergessen.

Doch eines Morgens erblickte er drei kleine Gestalten, die sich seiner Hütte näherten. Das kam so selten vor, dass er aufgeregt Ausschau hielt. Waren das Dorfbewohner? Besucher, die der bizarre Ruf des Eremiten angezogen hatte? Bewundernde Leser?

Nein.

»Verflixt und zugenäht!«, brüllte er.

Es war der Anführer der Zwerge, flankiert von zwei seiner Gefährten, Spezialisten für Geschichte!

Eliot, der an Legenden gewöhnt war, hatte sie an ihren spitzen Ohren, ihrer seltsamen, dunklen Netzhaut und der schelmischen Miene, die diese Wesen immer aufsetzen, erkannt.

Zwerge!

Wie es in solchen Fällen so oft passiert, verlor der alte Mann das Bewusstsein und fiel der Länge nach auf den Rasen.

Die Winzlinge rannten los, um ihn wiederzubeleben.

Aber was dann geschah ... das ist eine ganz andere Geschichte!